Erich Romberg

# Mystische Geschichten in und über Irland
## Über die Geschichten in den Geschichten

# Vol. 2

# Widmung

The Art

Storytelling is an intimate and interactive art. A storyteller tells from memory rather than reading from a book. A tale is not just the spoken equivalent of a literary short story. It has no set text, but is endlessly re-created in the telling. The listener is an essential part of the storytelling process. For stories to live, they need the hearts, minds and ears of listeners. Without the listener there is no story.

www.storytellersofireland.org

Erich Romberg


# Mystische Geschichten in und über Irland
## Über die Geschichten in den Geschichten

## Vol. 2


## Gefährliche Begegnung auf dem One Man's Pass

## Impressum

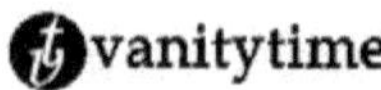

© 2024 Erich Romberg
Covergrafik von: Freepik

Druck und Distribution im Auftrag des Autors:
tredition GmbH, Heinz-Beusen-Stieg 5, 22926
Ahrensburg, Germany

ISBN
Paperback      978-3-384-12171-4
Hardcover      978-3-384-12172-1
E-Book         978-3-384-12173-8




**E-Mail:** storyteller@vanitytime.de

Inhaltsverzeichnis

# Vorwort

Im ersten Band geht der Autor im Vorwort
ausführlich auf seine Motivation zur Herausgabe
der Erzählreihe ein. In den folgenden Bänden
beschränkt er sich auf den Inhalt des jeweiligen
Bandes.

Wie im ersten Band lässt der Autor auch in diesem
zweiten Band fiktive Erzähler zu Wort kommen.
Real ist nur die Art der Erzählung, wie sie der
Autor erlebt hat, und zum Teil auch der
Hintergrund der erzählten Geschichten. Der Autor
überlässt es dem aufmerksamen Leser zu
beurteilen, welche Geschichten einen realen
Hintergrund haben könnten. Aber Vorsicht, man
kann sich leicht täuschen.

In der ersten Geschichte findet sich der Erzähler in
der Todeszelle wieder. Er soll ein Elternmörder
sein.

In der Titelgeschichte wage ich mich eines Tages
trotz Höhenangst auf den legendären One Man's
Pass an den Klippen des Slieve League und habe
ausgerechnet an einer besonders engen Stelle, an
der keine zwei Menschen aneinander
vorbeikommen, eine gefährliche Begegnung mit
einem Hünen, der sich hier oben sicher bewegt.
Keiner will zurückweichen, aber habe ich eine
Wahl? Da macht der Fremde einen überraschenden
Vorschlag.

In der dritten Geschichte nimmt der Erzähler in
Kinnegad zu später Stunde bei Dunkelheit und

stürmischem Wetter eine alte Anhalterin mit nach Moate und wird von ihr in einen Strudel unheimlicher Geschichten hineingezogen, die bis ins sechszehnte Jahrhundert zurückreichen. Ist er etwa in die Nacht des ewigen Blutgerichts geraten, einem Fluch aus der Vergangenheit? In dieser Nacht holt sich der Teufel alle 70 Jahre einen Reisenden durch die Hand einer alten Frau, die ihm unterwegs zusteigt.

Anschließend gibt der Autor einem Geschichtenerzähler aus Donegal das Wort. Er erzählt vier Geschichten:

Wie wird man ein Traumdesigner? Die erste Geschichte gibt Auskunft darüber. Es handelt sich um einen fast ausgestorbenen Beruf, da es in der Gegenwart kaum noch Träume gibt und was die Menschen für Träume halten, sind in der Regel Illusionen. Die Menschen der Gegenwart können nicht mehr zwischen ihnen unterscheiden. Doch der Ruhm eines berühmten Traumdesigners aus der Vergangenheit dringt bis in die Gegenwart.

Ein Mann aus der Gegenwart aber misstraut den Täuschungen der Illusionen, weiß aber noch nicht, dass es keine Träume sind. Da er aber noch im Meer der Möglichkeiten lebt, kann er eine geeignete Möglichkeit ergreifen um in die Vergangenheit zu reisen, um sich vom Traumdesigner einen gewaltigen Traum erschaffen zu lassen. Jedoch den Traumdesigner kann man nicht einfach engagieren, er muss sich zuerst qualifizieren. Durch Befragung der Mitarbeiter findet er heraus, dass er die Blaue Blume suchen muss. Damit beginnt seine Odyssey.

In der zweiten Geschichte erzählt er von einem Mann, der sich für einen Augenblick der Nichtigkeit seiner Eitelkeit bewusst geworden sein müsste.

Die dritte Geschichte handelt von einem Herrscher, dem Machtgier und Eitelkeit zum Verhängnis werden.

Die letzte Geschichte des Erzählers handelt von Sucht, Betrug und Selbsttäuschung.
In der letzten Geschichte des Buches geht es um eine Mordserie, bei der ausschließlich Augenärzte gemordet wurden. Sie begann kurz nach der Jahrhundertwende und endete im Frühjahr 1916 so plötzlich, wie sie begonnen hatte. Der Ripper wurde nie gefasst. Dem Erzähler sind aber die Hintergründe bekannt, die er aus einer „vertrauensvollen" Quelle kennt. Auslöser dieser Morde ist ein sensibles hässliches Mädchen mit einer bezaubernden Stimme, in die sich ein blinder Musikmeister verliebt hat. Am Ende kommt heraus, dass all diese Morde ein Irrtum waren; die Opfer hätten eigentlich Psychiater sein müssen. Die Gründe dafür erfahrt ihr in diesem Buch.

# Über die Liebe (Lyrik)

Seele, deine schönste Gabe,
die einst Orpheus schon besang,
ist dein heiligstes Verlangen,
ist der Schoß, der uns vereint.

Deine Lyra ist die Freude,
mit der dein schönstes Lied erklingt,
Dein Geschenk, das ist die Liebe,
die aus dem Chaos Leben bringt.

Seele, deine schönste Gabe,
Wesenheit der ersten Zeit,
so wie Gaya, aller Mutter,
hältst den Samen du bereit.

Seele, in der Sommerblüte,
webst du uns ein goldenes Kleid,
geben wir uns in deine Arme,
verweilen dort für alle Zeit.

**Zeit und Eitelkeit (Figuren-Lyrik)**

Seiner Vergänglichkeit fliehend schafft der Mensch auf dem Jahrmarkt des Lebens.
Ein Monument möchte er errichten, einen Nachweis zu sein, gewesen zu sein.
Wie ein Ertrinkender klammert er sich am Gerippe seiner Individualität.
Extrovertiert zieht er seine Spur, um wahrgenommen zu werden.
Doch die Zeit ist unbestechliche Vollstreckerin der Eitelkeit.
Jahre und Jahrtausende ziehen hinweg über jeden,
über den Menschen und seine Individualität;
über all das, was je er gewesen war,
er gedacht oder geschaffen hat.
Selbst der Größte unter uns
wird verschlungen
vom Raubtier
Zeit.

# Ein denkwürdiger Traum

In einer lauen Wochenendnacht im Sommer, als der Trubel hier wegen der Disco im Cill Aodain Court Hotel abgeklungen war, saß ich noch mit ein paar Freunden im Joyce's zusammen. Paul schloss die Tür ab und zog die Vorhänge vor die Fenster. Das Licht wurde gedimmt und ein Torffeuer angezündet. Das Joyce's hatte keine Nachtlizenz. Zuerst wurde noch etwas getrunken. Dann fragte Paul, ob jemand eine Geschichte erzählen wolle. Ich sagte, dass mir vor Jahren jemand einen Traum erzählt habe, den er, wie sonst üblich, nicht vergessen hatte und auch nie vergessen würde.

Ich fragte in die Runde, wie sie zum vierten Gebot aus dem zweiten Buch Moses stehen. Sehr spontan waren sich alle ziemlich einig, dass es genauso zu befolgen sei, wie es in der Bibel steht. Ich hakte nach:

„Man soll seine Eltern also auf einen Sockel stellen, egal, was sie einem angetan haben?"

„Was tun Eltern einem Kind schon an?", fragte einer in der Runde, „einen Klaps hinter die Ohren? Das hat niemandem geschadet."

Woher er denn wisse, dass es keinem geschadet hätte, gibt es da irgendwelche Studien?

Da brauche es keine Studien, jeder hätte die eine oder andere Tracht Prügel als Kind erhalten, und sie seien alle gesund und meistern ihr Leben.

Ich fragte, ob jemand einmal etwas vom Münchhausen-Stellvertretersyndrom gehört hätte. Eltern verletzen absichtlich ihre Kinder um sich dann in der Öffentlichkeit rührend um sie zu kümmern.

So etwas tue doch niemand, war man sich sicher.

Doch, sagte ich, der englische Kinderarzt Roy Meadow hat als erster im Jahre 1977 in ‚The Lancet' über derartige Fälle aus seiner Praxis geschrieben. Inzwischen sind Tausende von Fällen bekannt. Dann sagte ich:

„Nun gut, darüber wollte ich eigentlich nicht reden, das machen schon Leute, die sich damit besser auskennen. Ich brauchte nur einen Übergang zu meiner folgenden Geschichte. Ich erzähle so, als hätte ich den Traum selbst gehabt. Ich kann nicht garantieren, dass er genau so erzählt wurde, aber das Wesentliche ist enthalten. Stellt euch einfach vor, dem Protagonisten des Traums ist das widerfahren, wovon ich oben erzählt habe. Oder er hat andere triftige Gründe, warum er Vater und Mutter nicht in Ehren halten kann, wie es das vierte Gebot fordert. Das zu beurteilen darf sich kein Dritter erlauben; nur der Betroffene selbst kann urteilen. Ich schicke das voraus, damit ihr meinen Protagonisten nicht zu schnell verurteilt. Er hat schließlich seine Eltern nicht ermordet, er hat geträumt, es getan zu haben. Ich habe den Eindruck, das Unterbewusstsein des Träumenden hat etwas angestoßen, was er lange verdrängt hatte. Eine Tin-Whistle ist in diesem Traum seltsam verwoben. Ich habe diese Geschichte deshalb ‚Die Flöte' genannt':"

**Die Flöte**

Ich kann Sie nicht einmal richtig spielen. Versteht mich nicht falsch, ich kann sie spielen, aber nicht so, wie ich möchte.

Meine Flöte ist handgemacht, eine echte Overton Tin-Whistle. Ich besitze viele Tin-Whistles, englische aus Stahl, irische aus Messing, in C-Dur, in D-Dur, in jeder Tonart. Sie klingen blechern und schrill, aber keine ist wie Sie.

Wenn ich meine Flöte in die Hände nehme, fühlt Sie sich weich und warm an. Sie ist aus mattem Aluminium und hat eben die sechs Löcher einer Tin-Whistle, aber Sie ist etwas Besonderes. So wie Sie sich anfühlt, so klingt sie auch. Nicht, dass man denkt, Sie sei leicht zu spielen. Ich meine, Sie ist so einfach zu spielen wie eine

Tin-Whistle - technisch, aber es ist nicht einfach, ihre Seele anzusprechen. Meine Tin-Whistle hat eine Seele. Man muss Sie also mit der Seele spielen, um ihre Wärme und ihr Feuer zu entfachen. Ohne Gefühl benutzt, blockiert Sie. Sie hört einfach auf, Töne von sich zu geben. Dann klopfe ich Sie aus, denn Sie ist mit Speichel verstopft. Dann spielt Sie eine Weile, aber dann verweigert Sie sich wieder. Sie kann sehr dickköpfig sein,

aber an diesen Tagen, wenn Sie sich weich und warm anfühlt, ist Sie willig, dann lässt Sie mich glauben, dass ich Sie spiele, aber Sie spielt mich. Ich schließe meine Augen und halte Sie in meinen Händen, weich und warm. In mir schwingt eine Melodie, die Sie projiziert, eine Wärme, die Sie ausstrahlt, ein Feuer, das den Raum erfüllt. In diesen Momenten sind wir eins, nicht Flöte und Flötist, sondern nur Ich.

***

Nun sitze ich hier, in einer Todeszelle - ohne Sie. Man hatte mir nicht die Zeit gelassen, Sie zu suchen. Ja, ihr könnt mir glauben, im entscheidenden Moment hätte ich Sie suchen müssen. Sie zu vergessen war normal für mich, wie oft hatte ich Sie verlegt. Ich habe zeitweise nicht einmal an Sie gedacht, hatte mein Leben gelebt ohne Sie. Doch von Zeit zu Zeit, nicht selten in schweren Stunden, habe ich Sie vermisst. Ich wurde unruhig und unausstehlich. Ich wollte nur noch meine Flöte finden. Wie ein Besessener habe ich dann nach ihr gesucht, Wohnungen umgekrempelt und Freunde des Diebstahls bezichtigt. In diesen Augenblicken wurde mir bewusst, dass ich ohne Sie nicht leben kann. Ich habe Sie immer wieder gefunden, Sie hat mich dann verwöhnt mit ihren schönsten Klängen, weich und warm hatte Sie sich dann angefühlt. Nie hatte Sie mir diese Vernachlässigungen übelgenommen. Wie oft war Sie gerade nach einer langen Zeit der Unachtsamkeit besonders liebevoll zu mir. In jenen Zeiten schwangen ihre Klänge in einer Resonanz mit den Schwingungen meiner Seele.

Ich sitze hier und warte auf den Tod. Ich glaube, ich habe meinen Vater umgebracht, oder meine Mutter. Vielleicht habe ich sie beide getötet, ich weiß es nicht genau. Man sagte mir, ich sei ein Elternmörder und deshalb müsse ich sterben. Das habe ich eingesehen, denn hier in diesem Land müssen Elternmörder sterben. Dabei haben sie mir beigebracht, dass man Eltern nicht tötet. Ich habe es dennoch getan. Sie haben mich gelehrt, dass man Vater und Mutter ehren und lieben muss, dennoch habe ich sie umgebracht.

Nun sitze ich hier und warte auf meine gerechte Strafe. Gestern besuchten mich mein Bruder und meine Schwester. Ich bat sie darum, mir meine Flöte zu bringen, doch sie haben gesagt, dass ich böse bin, weil ich Vater und Mutter getötet habe. Diese hätten mich sehr geliebt, aber ich habe es ihnen nicht gedankt. Deshalb verdiene ich es zu sterben. Das habe ich eingesehen. Sie wollten nicht nach meiner Flöte suchen.
Das war gestern, und sie sagten, dass sie nicht wiederkommen werden - vorher.
Ich sitze hier einsam, warte auf meinen Tod, und vermisse meine Flöte. Ich höre Schritte, von denen ich weiß, dass sie zu mir kommen.

Es ist mein Wärter. Er schaut mich voller Mitgefühl an.

„Am Montag wirst du hingerichtet. Das Begnadigungsgesuch ist abgelehnt worden."

Ich schaue diesem armen Mann in die Augen, er ist sichtlich betroffen.
„Es ist doch nur ein kleiner Schritt", versuche ich ihn zu trösten.
„Ich weiß", sagt er, „aber es wäre so leicht, das zu ändern. Mir ist schon so lange bewusst, dass man niemanden hinrichten muss, aber ich kann nichts dagegen tun."
Ich schaue zu meinem Wärter. Er sitzt

zusammengekauert auf meiner Pritsche, ein Häufchen Elend ist er. Er tut mir sehr leid, dieser arme Mann.

Plötzlich ändert sich seine Gesichtsfarbe, er scheint entschlossen zu sein, aber dennoch zeigen seine Augen Hoffnungslosigkeit.

„Lass mich etwas für dich tun - bitte."

Ich muss nicht überlegen:

„Ich brauche meine Flöte, eine Tin-Whistle aus Aluminium. Ich konnte sie nicht finden, als sie mich abholten."

In diesem Moment hellt sich das Gesicht des Wärters auf.

„Ist es eine Overton, die sich manchmal weich und warm anfühlt?"

Hoffnungsfroh sieht er mich an. Ich muss ihm nichts mehr erläutern, er ist ebenfalls ein Flötenspieler.

„Ich finde Sie!", sagt er.

Es sind noch drei Nächte bis Montag, aber ich mache mir keine Sorgen. Mein Wärter wird sie finden.

Am Samstag kommt ein anderer Wärter - er ist kein Flötenspieler. Er berichtet mir, dass sein Kollege etwas Wichtiges suche, er wisse aber nicht was.

Am Sonntagabend höre ich wieder diese Schritte, von denen ich weiß, dass sie zu mir

kommen. Mit strahlendem Gesicht reicht mein
Wärter mir die Flöte.

„Nun wird alles gut", sagt er. Ich nehme Sie und
sage: „Ja!"

Er schaut mich an und mahnt:

„Spiele Sie aber erst morgen, wenn sie dich
abgeholt haben. Ich werde bei dir sein."

Ich schaue ihn liebevoll an und beruhige ihn:

„Du kannst jetzt gehen, es ist alles getan."

Am nächsten Morgen höre ich viele Schritte,
von denen ich ebenfalls weiß, dass sie zu mir
kommen. Ich halte meine Flöte fest
umklammert. Die Zellentür fliegt auf und
grimmige Gesichter schauen mich an. Ein
wichtig aussehender, schwarz gekleideter Mann
liest mir aus einem wichtig aussehenden
Dokument vor, dass ich meinen Vater oder
meine Mutter, oder beide umgebracht habe. Auf
jeden Fall würde ich am Hals aufgehängt, bis
dass der Tod eintritt. Sie führen mich durch
einen langen dunklen Gang. Eine unbestimmte
Anzahl an Leuten gehen vor mir und eine andere
unbestimmte Anzahl gehen hinter mir. Wir
betreten einen hohen Raum, in dessen Mitte ein
Podest aufgebaut ist. Daraus ragt ein Galgen mit
einer etwa fünfzig Zentimeter über dem Boden

des Podests baumelnden Schlinge, die aus
dickem Seil besteht. Ich weiß, das ist die
Schlinge, die um meinen Hals gelegt wird.
Im Vollstreckungsraum sitzen viele Menschen,
alle wollen einen Elternmörder sterben sehen. In
der ersten Reihe sehe ich meinen Bruder und
meine Schwester. In ihrer Nähe sitzen Neffen,
Nichten, Onkel und Tanten. Sie alle warten
darauf, dass der Bruder, der Onkel oder der
Neffe für die Tötung der Eltern, der Tante, des
Onkels, des Bruders oder der Schwester
hingerichtet wird. Sie alle wissen, dass ich diese
Strafe verdient habe.

Als ich oben auf dem Podest stehe, liest dieser
wichtig aussehende Beamte aus dem wichtig
aussehenden Dokument vor, dass ich den Vater,
oder die Mutter, oder beide umgebracht hätte
und daher solange am Hals aufgehängt werde,
bis dass der Tod eintritt. In der ersten
Zuschauerreihe sehe ich Bruder und Schwester
applaudieren. Meine Augen suchen nach
meinem Wärter, aber sie können ihn nicht
finden. Die ganze Zeit halte ich meine Flöte mit
der rechten Hand fest umklammert, aber die
Abwesenheit meines Wärters beunruhigt mich.
Der wichtig aussehende Beamte hat soeben
seine Lesung aus eben jenem Dokument
beendet. Er schaut mich an und fragt, ob ich

noch einen Wunsch habe.

In diesem Moment tippt mir jemand auf die Schulter. Ich blicke mich um und erkenne meinen Wärter, er ist der Henker. Er schaut mir gütig in die Augen und sagt:

„Bitte sie, ein letztes Stück auf deiner Flöte spielen zu dürfen."

Es wird mir gestattet, und mein Wärter legt mir die Schlinge um den Hals.

„Habe Vertrauen zu mir und zu deiner Flöte", sagt er.

Ich nehme Sie in beide Hände und Sie fühlt sich weich und warm an. Unbeirrt spielt Sie ‚Das Lied vom Tod', an dessen Melodie ich mich nie erinnern konnte.

„Vertraue deiner Flöte", wiederholt mein Henker und zieht den Hebel zur Falltür.

Die Klappe öffnet sich, und einsam verweht die Melodie des Todes im Wind.

***

„Dann erwachte mein Protagonist und die Melodie ‚Spiel mir das Lied vom Tod' lag noch in seinen Ohren."

**Das erlöste Selbst (Lyrik)**

Weltlichkeit entgleitet dem Ich,
haltlos fließt sie dahin.
Die karge Nahrung ist verzehrt.
Verzweifelt klammert es am Jetzt.

Die Maya ist essenzfrei,
Verwandlung bis zur Dissipation.
Erlösung verheißt ein Widerschein am Horizont,
lumineszierender Mythos.

Projektion aus der Unendlichkeit.
Sehnend strebt das Sein,
hin zum Absoluten, schaffend,
um seiner Auflösung zu entgehen.

Sich satt essen am unerreichbaren Ziel,
einem Stück Ewigkeit.
Dilatation zum eigenen Schöpfer,
schöpfend aus der Asche.

Phönixgleich emporsteigen.
Der Mythos lockt aus der Unendlichkeit.
Die Ahnung des Absoluten
spricht aus seinen Schöpfungen.

Doch, der Horizont leuchtet nicht selbst;
das Denken endet nicht am Horizont,
ihn zu überschreiten,
ist ein erster Schritt in die Unendlichkeit.

Dieser Schritt ist das Werk
und jeder Schritt ist ein neuer Horizont.
Der Schaffende blickt in die Unendlichkeit,
Blick ohne Akkommodation.

Suche mit irdischen Werken,
manifestiert im Irdischen.
Allegorisierte Ewigkeit,
um der Ich-Dissipation zu entkommen.

Der Schöpfende strebt zum Absoluten,
hin zur Ich-Expansion,
Schritt für Schritt,
von Horizont zu Horizont.

Erlösung ersehnt sich das Ich,
vom Irdischen, vom Tode.
Ein Teil möchte es werden,
ein Teil vom ewigen Mythos.

# Auf den Klippen des Slieve Leagues

An einem gemütlichen Torffeuer in einer Wochenendnacht in Kiltimagh gehörte ich wieder zum harten Kern der Übriggebliebenen. Aus irgendeinem Grund kamen wir auf den Slieve League und seinen One Man's Pass zu sprechen, den keiner der Anwesenden je begangen hatte. Man erzählte sich abenteuerliche Geschichten, die nur vom Hörensagen stammten.

„Ich habe schon lange mit dem Gedanken gespielt, den One Man's Pass zu begehen", sagte ich in die Runde. „Bis jetzt wusste ich nur, dass dieser seltsame Pass mit einem enormen Auf und Ab zum Gipfel des Slieve Leagues verbunden ist."

Tatsächlich ist der One Man's Pass Teil eines größeren Netzes von mehr oder weniger anspruchsvollen Pfaden, die über die steilen Klippen der Slieve Leagues führen. Diese Klippe in Donegal ist eine der höchsten in Europa. An vielen Stellen kann sich kaum eine Person fortbewegen, so dass es besser ist, keinen Gegenverkehr mit Leuten zu riskieren, die vom 601 m hohen Gipfel zurückkehren, wenn man ihn besteigt. Ich bin kein großer Freund von großen, steilen Höhen mit unsicheren Wegen, nicht zuletzt deshalb bin ich nie bis ganz nach oben gestiegen. Auch der Respekt vor dem Namen, der besagt, dass die Breite des

Weges nur einer Person erlaubt, ihn zu begehen, hat mich immer wieder umkehren lassen. Ich bin ihn nie wirklich gegangen und habe mich für meine Wanderungen mit den weniger riskanten Pfaden des Slieve Leagues begnügt, die auch ohne dieses Risiko wunderschöne Aussichtspunkte bieten. Nun sind solche Wanderungen zwar schön, aber wenig spektakulär zum Erzählen. Deshalb gehe ich diesen Weg in der folgenden Geschichte zusammen mit meinen Zuhörern und Lesern.

Ich hatte die Story bereits fertig geschrieben in meiner Tasche; ich musste also nicht aus dem Stegreif erzählen. Ich erzählte die Geschichte anhand meines Manuskripts:

**One Man's Pass**

## Gefährliche Begegnung auf dem One Man's Pass

Ich habe immer versucht, meine Ehrfurcht vor diesem Weg zu überwinden. Vom One Man's Pass geht es an vielen Stellen mehr als fünfhundert Meter steil in die Tiefe. Oft weht dort oben ein heftiger Wind und auf der Westseite klatscht der Atlantik an die Küste. Einmal konnte ich beobachten, wie Fetzen der Brandung bis hoch zu diesem Weg gesaugt wurden. Es gibt sicher Tage, an denen mir der Mut gefehlt hätte. Aber an diesem Tag schien das Wetter für ein solches Unternehmen günstig. Hier im Dorf wehte nur ein laues Lüftchen und auch dort an der Westküste in Donegal sollte es an diesem Tag nicht allzu stürmisch werden. Außerdem war es Wochenmitte und außerhalb der Ferien, so dass eine unangenehme Begegnung an ungünstigen Stellen unwahrscheinlich war.

Ich brauchte gut zwei Stunden bis Teelin und fuhr direkt über die Serpentinen zum Bunglass Point und von dort hinauf zum Amharic Mor am Slieve Leagues, wo ich schon oft mein Auto abgestellt hatte. Von hier aus geht es nur zu Fuß weiter, und ich musste etwa fünfundzwanzig Minuten aufsteigen, um den seltsamen Pfad zu erreichen. Nun stand ich vor dem kurzen steilen Abhang, den ich noch zu überwinden hatte, und setzte zum ersten Mal meinen Fuß darauf.

Der Wind hier oben hatte eine Stärke von drei bis vier, das Wetter war stabil, so dass ich keine Schwierigkeiten erwartete. Nur wegen des starken Windes hatte ich mich schon oft nicht auf dieses Wagnis eingelassen.

Der eigentliche One Man's Pass ist etwa drei Kilometer lang und mir war klar, dass die anfänglich geringe Steigung des Weges nicht so bleiben würde. Zunächst kaum merklich verengte sich der Weg und erst als er nur noch sechzig bis siebzig Zentimeter breit war, wurde mir bewusst, wie steil das Gelände zu beiden Seiten des Weges abfiel. Von diesem Moment an spürte ich meine Schwere, kaum wagte ich es, zur Seite zu blicken. Wie gebannt starrte ich auf den schmalen Pfad, der hier oben als einziger zu existieren schien. Als der Pfad noch schmaler wurde, wagte ich nicht weiter zu gehen. Die Kraft der Tiefe zog mich. Der Pfad begann zu schwanken, ich hielt es nicht mehr aus und setzte mich. Welcher Dämon musste mich geritten haben, als ich mich auf dieses törichte Abenteuer einließ. Im Sitzen fühlte ich mich wieder sicher und wagte es, mich umzuschauen. Ich erschrak, die Unendlichkeit grinste mich an. Auf dem Weg hierher war ich so in Gedanken versunken, dass mir die zurückgelegte Strecke gar nicht bewusst geworden war.

„Ich muss mich erst daran gewöhnen", sagte ich mir leise, aber es überzeugte mich nicht. Ich dachte über die psychologischen Ursachen meines Zustandes nach, aber was half das in diesem Moment, ich wagte nicht aufzustehen und weiter zu gehen. Ich schloss die Augen und spürte, wie der Wind stärker wurde. Ich konnte nicht ewig so sitzen bleiben. Ich musste die zeitliche Orientierung verloren haben, denn ich wusste nicht, ob der Weg vorwärts oder rückwärts der kürzere war.

Vorsichtig öffnete ich die Augen wieder und wagte einen Blick hinunter auf das Land, um mich zu orientieren. Ich konnte nichts erkennen, nur die ungeheure Tiefe. Ich blickte nun auch zum Meer und stellte fest, dass meine Lage gar nicht so schlimm war, „ich muss mich daran gewöhnen", sagte ich mir wieder, und diesmal überzeugte es mich. Entschlossen stand ich auf und setzte meinen Weg fort. Ich wagte es nicht, zur Seite zu schauen, versuchte die aufkommende Panik zu unterdrücken, aber meine Beine wurden weich und zitterten. Ich riskierte einen unvorsichtigen Blick nach unten, es riss mich von den Beinen. Nur mit Mühe konnte ich mich dem Sog nach unten entziehen. Auf den Knien klammerte ich mich an den felsigen Untergrund, der Abgrund wollte mich verschlingen. Ich erinnerte mich an das Gleichnis vom abgeworfenen Reiter, der nur weiterreiten kann, wenn er es sofort tut.

Zitternd erhob ich mich; ich wusste, dass alles andere keinen Sinn machte. Nie zuvor hatte ich geahnt, wie schwer es sein würde, sich dem Zwang zu entziehen, in die Tiefe zu blicken. Ich wusste, dass ich es nicht durfte, und doch konnte ich den Blick nicht abwenden. Wieder begann der Weg zu schwanken und meine Beine drohten zu versagen. Dann kam die unerwartete Rettung, der Weg öffnete sich mehr und mehr und war nun fast doppelt so breit. Erleichtert blieb ich stehen und atmete erst einmal kräftig durch. Was für empfindsame Wesen wir Menschen doch sind. Jetzt schien mir meine Panik von eben übertrieben und ich lachte laut auf. Die Abgründe zu beiden Seiten hatten nichts Bedrohliches mehr. Mit mutigen Schritten setzte ich meinen Weg fort.

„Ich schaffe es", sagte ich mir und fühlte mich, als hätte ich gerade ein gefährliches Ungeheuer besiegt. Doch plötzlich wurde der Weg wieder schmaler, steiler, ich spürte die alten Ängste zurückkehren. War ich etwa dreihundert Meter zuvor überheblich? Ich nahm all meine Kraft zusammen und schaffte es nun, meine Augen vom Abgrund fernzuhalten, doch meine Gedanken sahen ihn auch. Ich streckte meine Arme nach beiden Seiten aus, wie ein Seiltänzer, um das Gleichgewicht nicht zu verlieren. So bewegte ich mich vorwärts, immer in der Angst, einen Fehltritt zu tun. Beunruhigt bemerkte ich, dass der Wind stärker wurde. Der Himmel zog sich mit rasender Geschwindigkeit zu, ich spürte Unheil heraufziehen. Ich wusste nicht, wie lange ich schon unterwegs war und wie weit es noch sein würde. Ich hatte jegliches Gespür verloren. Ich erinnerte mich, dass ich die Kilometer des „One Man's Pass" nur aus Erzählungen kannte, oder waren es Meilen? Ich bedauerte jetzt, dass ich es nicht überprüft hatte. Hier kam mir zum ersten Mal der Gedanke, dass es besser wäre, umzukehren. Die engen Stellen in dieser Richtung kannte ich ja; ich würde sie sicher noch einmal meistern. Aber, was vor mir liegt, kenne ich nur aus Erzählungen von Leuten, die ihn selbst nicht gegangen waren. Was ich aus

den Erzählungen kannte, machte mich nicht
gerade zuversichtlich. Außerdem müsse ich den
Weg auf jeden Fall zurück, denn vom Gipfel her
gibt es lange nur den „One Man's Pass".

Dann sah ich das Unglaubliche, an das ich noch
nicht gedacht hatte. Etwas tauchte am Horizont
auf und kam mir auf dem Weg entgegen. Das
konnte nicht sein, das konnte doch nicht..., ich
wollte es nicht wahrhaben, mein Gott, jetzt ist es
eindeutig: Jemand kam mit schnellen Schritten
auf mich zu. Angst überkam mich, ich hatte
diese Möglichkeit verdrängt, ich hatte sie völlig
verdrängt. Hier, an dieser schmalen Stelle,
werden wir uns gegenüberstehen. Ich traute
mich nun nicht mehr, weiterzugehen. Außerdem
sah ich zwischen mir und dem auf mich
zustrebenden Fremden keine Stelle, die breiter
wäre. Von dem Grad auf dem Klippenkamm,
auf dem man hier geht, fällt es auf beiden Seiten
nur steil ab, überall.

Die Gedanken schossen mir durch den Kopf,
wie sollten wir aneinander vorbeikommen? Es
ist nur Platz für einen; an Umkehren ist nicht zu
denken; die letzte breite Stelle liegt ein ganz
gewaltiges Stück hinter mir. Würde der Fremde
zurückweichen? Was wollte er hier? Meine
Beine drohten wieder zu versagen und ich setzte

mich. Ich durfte keine Angst zeigen. Ich wusste aber, dass ich mich nicht gegen ihn behaupten könnte; sicher marschierte er über den Kamm. Ich richtete meinen Blick aufs Meer, als würde ich die Aussicht genießen. Hinter mir war nicht genug Platz, um den Fremden vorbeizulassen.

Dann stand er da. Ein breites, unangenehmes Grinsen lag auf seinem Gesicht. Ich bemerkte, dass er sehr groß war. Sein Gesicht zeigte keine Furcht und er machte keine Anstalten, sich zu setzen.

„Schöne Aussicht", sagte er.

„Ja", sagte ich und bemühte mich, meine Stimme nicht zittern zu lassen.

„Nicht viele gehen diesen Weg, aber ich mag ihn. Gerade bei diesem Wetter hat er Charakter." Genüsslich blickte er sich um.

„Ja, das stimmt", sagte ich und dachte, er müsse doch merken, dass ich lüge.

„Ich habe dich hier oben noch nie gesehen." Erwartungsvoll sah mich der Fremde an.

„Ich bin auch zum ersten Mal hier, wie weit ist es noch bis zum Gipfel?"

„Ich habe die Schritte nie gezählt", sagte der Fremde, „aber es sind noch viele und es wird immer steiler. Das letzte Stück muss man klettern. Doch, die Aussicht ist großartig und es zieht einen immer weiter hinauf."

Ich konnte sein Faible in diesem Moment nicht so richtig nachvollziehen. Er wandte sich zur Küste und blickte gedankenverloren in die Ferne. Nach einer Weile sah er mich an und sagte:

„Wenn wir beide dem Abgrund den Rücken zuwenden, kommen wir aneinander vorbei. Sonst müsstest du umkehren, bis wir an der nächsten breiten Stelle sind. Weiter hinauf gibt es lange keine breiteren Stellen mehr."

Für ihn kam die Möglichkeit, selbst umzukehren, offensichtlich in Frage. Außerdem wäre er ständig hinter mir, wenn ich umkehre. Furcht kroch mir in den Rücken, der Gedanke, dicht an ihm vorbeizurutschen, den Tod direkt hinter mir, war nicht ermutigend. Ich blickte in sein grinsendes Gesicht, war da nicht Bosheit in seinen Augen? Ich würde mich ihm völlig ausliefern und gegen Bosheit hätte ich keine Chance. Ich sah keinen anderen Ausweg und versuchte es mit ein wenig Ehrlichkeit:

„Ich traue mir das nicht zu, du musst bedenken, dass ich das erste Mal hier oben bin und mich noch an diese Höhe gewöhnen muss."

Der Fremde runzelte die Stirn.

„Das habe ich mir gedacht, aber wir müssen eine Lösung finden. Wir haben beide noch einen langen Weg vor uns."

Nach einem Blick auf seine gewaltige Statur wusste ich, was immer er mir vorschlug, ich musste es annehmen. Er blickte wieder aufs Meer und sagte lange nichts. Eine Armlänge von mir entfernt stand er dicht am Abgrund, so dicht, dass seine Zehen über den Rand hinausragten. Steil blickte er hinunter. Er schien immun gegen den Sog der Tiefe. Wie leicht wäre es für mich gewesen, ihm hier einen Stoß zu versetzen, um den Weg frei zu machen. Aber sofort schämte ich mich, dass ich diesen Gedanken überhaupt zugelassen hatte. Aber das Teuflische in mir flüsterte, was, wenn er in diesem Augenblick dasselbe dachte? Wenn er sich entschieden hätte, wäre es zu spät. Diese Chance würde ich nie wieder bekommen. Ich hatte nicht den Mut, ihm den Schlag zu versetzen, aber vielleicht hatte ich den Teufel in mir einfach überwunden. Ich war überrascht, dass ich solcher Gedanken überhaupt fähig war. Jetzt hockte er neben mir, dann sagte er:

„Auf meinen Weg zurückzugehen ist wenig sinnvoll, denn da gibt es keine Plateaus zum Ausweichen mehr bzw. erst sehr spät, dann wären wir fast oben. Wir erwirken ein Gottesurteil, wer unterliegt, muss umkehren." Was meinte er? Wenn ich unterlag, hatte ich ihn den ganzen Weg im Rücken, mindestens so lange, bis wir den breiten Teil des Pfades erreichten.

„Was meinst du damit?"
„Kennst du die Rätselentscheidungen?"

Ich kenne das z.B. aus dem Hobbit, der mit Gollum rätselte. Soweit ich mich erinnerte, ging es da auch um Leben und Tod. Ich habe das in meinen jungen Jahren auch mit Kommilitonen gespielt; einer stellt eine Rätselaufgabe und der andere muss sie lösen. Wer verlor, musste die nächste Bierrunde bezahlen. Das ist natürlich nur ein geringer Preis, da musste man nicht besonders ehrgeizig sein.

Hier bedeutet es aber: Wir stellen wir uns gegenseitig Rätselaufgaben. Wer das jeweilige Rätsel nicht löst, muss sich dem Willen des anderen beugen. Doch zumindest habe ich eine ehrliche Chance,

„Ja", sagte ich deshalb und versuchte, die Initiative zu ergreifen, „lass uns eine Münze werfen, wer das erste Rätsel stellen darf".

Der Fremde grinste breit und sagte: „Einverstanden."

Er zog eine Fünfzig-Pence-Münze aus der Tasche und ließ mich wählen. Die Entscheidung fiel gegen mich.

„Die Rätselentscheidung muss akzeptiert werden", sagte der Fremde, „Unfairness ist ausgeschlossen." 'Wer wird nachher darüber urteilen', ging es mir durch den Kopf. Als hätte er meine Gedanken erraten, sagte er:

"Gott ist unser Zeuge."

Das ist gut, wenn der Fremde ein Ire ist – und davon ging ich aus – dann hält er sich an die Regeln. Ein Ire würde niemals Gott zum Zeugen rufen, wenn er die Absicht hätte zu betrügen.

„Gott wird unser Zeuge sein", sagte ich deshalb.

„Dann können wir ja sicher sein, dass wir beide fair sind", und begann: „Hör gut zu, hier ist mein erstes Rätsel: Gib mir ein plausibles Beispiel dafür, was Ewigkeit bedeutet."

Mein Herz hüpfte vor Freude, denn ich wusste eine Antwort. Ohne nachzudenken, schoss ich los.

„Die Ewigkeit ist unbeschreiblich und zeitlos, sie ist für uns Menschen nicht fassbar. Aber es gibt eine Geschichte, die uns das Geheimnis erahnen lässt. Ich weiß nicht, wie diese Geschichte genau lautet und wer sie erzählt hat. Nehmen wir an: Vor langer Zeit stellte ein Zen-Schüler seinem Meister diese Frage. Das beantwortete der Meister:

In einer fernen Welt gibt es einen diamantenen Berg. Er hat eine Höhe, die ein ausgewachsener Mann bei schnellem Schritt in einem Tag zurücklegen kann. Die gleiche Zeit braucht er, um oben bis zur anderen Seite des Berges zu gehen, und dieselbe Zeit hinunter. Alle tausend Jahre fliegt ein kleiner Vogel auf diesen Berg und wetzt einmal seinen Schnabel. Nach der Zeit, wenn dieser Berg völlig abgewetzt ist, ist die erste Sekunde der Ewigkeit noch nicht vergangen".
Der Fremde schwieg einen Moment, dann schaute er mich an und sagte:

„Eine bessere Beschreibung kann ich dir auch nicht geben. Ich meine auch eine ähnliche Geschichte in einem Märchen gehört zu haben.

Doch das ist unerheblich, du hast das Rätsel gelöst, nenne mir nun deines."

Ich musste einen Moment überlegen, dann hatte ich eine Idee:

„Wer ist dein ständiger Begleiter? Er stellt keine Fragen und gibt keine Antworten. Er ist mal groß, mal klein, versteckt sich im Dunkel und macht mir dir jeden Schritt."

Scharf fegte der Wind den Hang hinauf. Der Blick des Fremden ist zum Atlantik gerichtet, die Haare flogen ihm wild um den Kopf. Keinen Millimeter schwankte er in den immer heftiger werdenden, fauchenden Böen. Da ich das Rätsel gerade erfunden hatte, kann er die Antwort nicht parat haben. Die Zeit verstrich und Hoffnung keimte auf, dass er nicht darauf kommen würde. Ich wartete geduldig. Eine viertel Stunde mochte vergangen sein, als er sich mir wieder zuwendet:

„Es ist der Schatten?"

Er hatte es herausgefunden. Ich musste mir das nächste Mal etwas Schwierigeres ausdenken, wenn ich unbeschadet hier herunterkommen möchte. Zuerst aber musste ich sein Rätsel lösen, womit er auch unmittelbar begann.

„Wo ist der Ort, an dem du zurückkehrst, wenn du einen Schritt nach Süden, einen nach Westen und einen nach Norden machst?“

Das war einfach, und wenn seine Rätsel nicht schwieriger würden, müsste ich den Fremden besiegen können. Ich wurde übermütig und antwortete in einem Gegenrätsel:
„Es ist der Ort, der dem gegenüber liegt, von dem aus man einen Schritt nach Norden, einen nach Osten und einen nach Süden geht, um dahin zurückzukehren.“

Ohne zu zögern sagte er:

„Du hast das Rätsel gelöst und pfiffig beantwortet, das gefällt mir.“

Sein Gesicht war entspannt und er lächelte, ihm schien die Sache Spaß zu machen.

„Nenne mir nun dein zweites Rätsel,“ fügte er hinzu.

Mir gefiel die Situation weit weniger als dem Fremden, glaubte ich doch, es ginge um mein Leben. Aber, glaubte ich es noch? Denn, seine Worte waren freundlich, hinterhältig hörte er sich nicht an. Ich ließ mir nun etwas Zeit, denn er schien es nicht eilig zu haben. Schleichend begann diese Geschichte auch mir Spaß zu machen, aber ich war noch zu stur, mir das gleich einzugestehen. Dieses Mal musste ich ihn fassen, es ging mir zunehmend darum, zu gewinnen, die besseren Rätsel zu haben. Ich wusste, wie schwer es für viele ist, logische Rätsel zu lösen. Ich dachte mir also ein solches aus.

„Es gibt Ritter und Schurken", begann ich mein Rätsel.
„Du musst wissen, dass Ritter grundsätzlich die Wahrheit sagen und natürlich auch nicht stehlen. Schurken dagegen lügen immer und Stehlen ist ihre Lieblingsbeschäftigung.

Vor langer Zeit trug es sich zu, dass von einem Landgut Pferde gestohlen wurden. Wenig später sind durch die Garde des Königs drei Männer gefasst worden. Sicher war, dass einer von ihnen die Pferde gestohlen hatte. Weiterhin war bekannt, dass mindestens einer ein Schurke und einer ein Ritter ist. Die Namen der Personen waren Aiden, Brandon und Colin. Als erstes richtete der Richter die Frage an Aiden:
‚Sage mir Aiden, ob Brandon der Dieb ist'.
Aiden antwortete:
‚Nur wenn Colin ein Schurke ist, ist Brandon der Dieb'.

Dann fragte der Richter Brandon:
‚Ist Collin der Dieb?'

‚Ja'.

‚Aha', und an Collin gewandt fragte er:

‚Ist Aiden der Dieb? '.

‚Ja, Herr Richter, Aiden hat die Pferde
gestohlen'.

Anschließend ließ der Richter den Dieb
verhaften. Meine Frage ist nun: Wen ließ der
Richter verhaften?"

Der Fremde schaute mich ratlos an, dann war
sein Blick wieder auf den Atlantik gerichtet,
ohne eine Miene zu verziehen. Nach einer Weile
fragte er mich, ohne den Blick vom Meer
abzuwenden: „Kannst du das Rätsel noch einmal
wiederholen?"

‚Ich habe ihn' dachte ich und erzählte ihm die
Geschichte noch einmal.

„Danke."

Jetzt setzte auch er sich auf den schmalen Pfad
und stützte den Kopf in die Hände. Er saß schon
lange so, mindestens eine halbe Stunde. Ich
versuchte, mir meinen aufkeimenden Triumph
nicht anmerken zu lassen, aber er war zu sehr in
sich gekehrt, um irgendetwas um sich herum
wahrzunehmen. Eine weitere halbe Stunde
mochte verstrichen sein, und ich wurde langsam

ungeduldig, denn wenn seine Antwort ausblieb, war für mich nicht viel gewonnen.

Deshalb sagte ich vorsichtig:

„Nun? Wir können nicht ewig hier warten."

Dann sah er mich plötzlich an und sagte:

„Nicht nötig, Colin war der Pferdedieb und Brandon ist der einzige Ritter."

Das war doch nicht möglich, ich hätte ihm nicht so viel Zeit geben sollen, aber, vielleicht hat er aber einfach nur geraten. Deshalb fragte ich:

„Kannst du mit erklären, warum?"

„Natürlich, ich hätte auch raten können.

Nehmen wir an, Aiden ist ein Ritter, dann wäre, wenn Colin ist ein Schurke ist Brandon auch ein Schurke und der Dieb. Wenn Colin ein Ritter wäre, dann müsste Brandon entweder auch ein Ritter, was nicht geht, weil nicht alle drei Ritter sein können. Colin wäre also ein Schurke. Brandon müsste also ein Schurke sein, kann aber nicht der Dieb sein. Dann wären entweder alle drei Ritter oder es gäbe keinen Dieb, was beides der Prämisse widerspricht.

Aiden muss also ein Schurke sein. Wir müssen also Aidens Aussage umkehren, denn er lügt,

wie oben bewiesen. Für die Umkehrung gibt es
zwei Möglichkeiten:

Wenn Collin ein Schurke ist, ist Brandon kein
Dieb.

Wenn Collin kein Schurke ist, ist Brandon der
Dieb und natürlich auch ein Schurke.

Halten wir also fest.
Brandons Aussage war, Colin ist der Dieb.
Wenn er lügt, dann ist Collin nicht der Dieb.
Collin sagt, Aiden ist der Dieb.

Wenn Collin die Wahrheit sagt, widerspricht das
der ersten Aussage Aidens. Danach wäre
Brandon der Dieb.
Nehmen wir also die zweite Variante. Nur wenn
Collin ein Schurke ist, ist Brandon kein Dieb.

Das deckt sich mit der Aussage Brandons, der
Collin ja beschuldigt, der Dieb zu sein, also
auch ein Schurke.
Es gibt also nur dann keine Widersprüche, wenn
Collin der Dieb ist. Brandon ist also der einzige
Ritter"

Wem dieser Nachweis zu schwierig ist, kann
den Beweis meines Gegenparts einfach
überspringen, ich kann bestätigen, dass er Recht
hat. Wer den Beweis als Herausforderung sieht,
kann sich gerne selbst den Kopf zerbrechen.

Er hatte auf jeden Fall das Rätsel sauber gelöst und ich hatte ihn wohl unterschätzt. Beim nächsten Mal sollte ich mir ein noch schwierigeres Rätsel ausdenken, das letzte war immer noch zu einfach. Aber er hatte lange gebraucht und ein viel komplizierteres würde er nicht in angemessener Zeit lösen können. Aber, wie sollte ich mir ein noch schwierigeres ausdenken, jetzt, ganz spontan. Trotz des heftigen Windes hier oben stand mir der Schweiß auf der Stirn. Dann sagte der Fremde:

„Das letzte Rätsel ist mir sehr schwergefallen, deshalb werde ich mir jetzt etwas Besonderes für dich ausdenken, also pass gut auf:

„Jeder begehrt es. Der eine hat es, der andere nicht. Wer es hat, hat wenig, genug oder viel. Es bewirkt Gutes und viel Böses und ist doch selbst weder gut noch böse.

Das ist ein Rätsel, das ich noch nicht kannte. Die Gedanken schwirrten mir durch den Kopf und ich konnte die gähnende Tiefe auf beiden Seiten nicht vergessen. Ich musste das Rätsel lösen, sonst hatte ich keine Chance. Aber ich wusste nicht, ob ich noch ein Rätsel formulieren konnte. Mit Logik konnte ich ihn nicht fassen. Aber ich musste erst einmal über sein Rätsel nachdenken. Es fiel mir schwer, mich zu konzentrieren.

Jeder wollte es, also auch ich; der eine hat es, der andere nicht; das kann auf alles zutreffen. Der nächste Satz half mir auch nicht weiter. Wenn ich etwas hatte, was mir gefiel, dann war es entweder wenig, genug oder viel, etwas anderes gab es nicht. Es tat Gutes und auch Böses und war doch selbst weder böse noch gut. Das musste der Schlüssel sein, alles andere war zu unbestimmt.

Es könnten Waffen sein, ich mag keine Waffen, und können Waffen Gutes tun? Zur Selbstverteidigung vielleicht. Es fühlt sich nicht richtig an. Ich wurde immer nervöser, weil mir nichts einfiel. Ab und zu überlegte ich, welches Rätsel ich als nächstes stellen könnte. Dann dachte ich, ich wüsste es: Es ist Land, Grundbesitz. Fieberhaft ging ich die Kriterien durch.

Jeder will Land, der eine hat es, der andere nicht.

Wenn man Land hat, ist es entweder wenig, genug oder viel; auch das ist richtig. Es tut Gutes, wenn es uns Nahrung gibt, und Böses, wenn es uns die Nahrung verweigert und uns hungern lässt. Aber das Land selbst ist weder gut noch böse.

„Es ist das Land“, sagte ich schnell, aber während ich es sagte, überkam mich ein ungutes Gefühl. Der Fremde sprang auf und sah mich entsetzt an:

„Land kann nichts Böses tun. Das Land tut immer das Richtige. Wenn wir es gut behandeln, gibt es uns Nahrung, wenn wir es schlecht behandeln, verkarstet es und verweigert uns Nahrung. Das Böse tun wir uns selbst an. Das Land tut es nicht.“

Der Fremde sah mich nachdenklich an und sagte:

„Es ist das Geld.“

„Geld? Daran habe ich gar nicht gedacht.“

Wieder schwieg er eine Weile, dann sagte er:

„Geld scheint keine besonders wichtige Rolle in deinem Leben zu spielen.“

Seine Stimme klang jetzt freundlich. Lächelnd streckte er mir die Hand entgegen:

„Ich bin John Phillips aus Teelin. Die Rätsel haben Spaß gemacht, aber es ist spät geworden, komm mit mir und sei heute Abend mein Gast, ich würde gerne noch ein paar deiner Rätsel lösen, entspannt bei einem Tee oder Whisky. Ich habe auch noch ein paar, die du vielleicht nicht kennst. Morgen fahre ich dich zu deinem Auto, du kommst sicher nicht aus der Nähe und morgen bei Tage fährt es sich besser."

Er zog mich hoch und mit einer schnellen Drehung, die ich gar nicht richtig mitbekam, stand er vor mir, so dass ich hinter ihm den Rückweg antreten konnte:

„Du musst es einfach tun und nicht lange darüber nachdenken. Jetzt kann ich es sagen, ich wusste gleich, dass du ein Neuling in windiger Höhe bist und Furcht hattest, es wäre auch leichtsinnig, wenn nicht. Ich habe mich für die Rätsel entschieden, weil es viel mehr Spaß macht, als einfach nur aneinander vorbeizueilen. Außerdem wäre es keine gute Idee gewesen, allein und unerfahren den Weg zum Gipfel zu erklimmen. Das können wir ja mal zusammen machen. Halte dich an den engen Stellen an meiner Jacke fest, ich kenne den Weg wie meine Westentasche. Wir müssen noch etwa eineinhalb Stunden laufen."

Er ging sicheren Schrittes den Weg zurück, aus dem ich gekommen war, und er kannte noch eine Abkürzung. In seinem Schlepptau fühlte ich mich sicher, die Tiefe zu beiden Seiten des schmalen Pfades hatte ihre Macht verloren. Ihr könnt sicher nachvollziehen, wie sehr ich meine kurzzeitig teuflischen Gedankenkapriolen bereute. Ich nahm mir vor, für ihn heute Abend ohne Gefahr und in gemütlicher Atmosphäre noch ein Rätsel auszudenken, in dem neben Ritter und Schurken auch Spione vorkommen, die sowohl lügen können, manchmal aber auch die Wahrheit sagen. Jetzt will ich es wissen!

***

# Aphorismen

## Die Liebe ist eine Gottheit

Die Liebe ist eine Gottheit der ersten Stunde, die aus dem Chaos die Ordnung erschuf.

## Humor

Humor ist nicht, wenn man sich über andere lustig macht, sondern wenn man sich selbst nicht zu ernst nimmt.

## Dialoge und Monologe

Die häufigste Art der Kommunikation sind Monologe. Dialoge werden in den überwiegenden Fällen als Doppelmonolog geführt.

## Unrecht

Betrug beginnt im Kopf. Der erste Schritt zum Unrecht ist der Selbstbetrug.

## Vorteile

Bei jedem Vorteil, den man für sich selbst gewinnt, erleidet ein anderer einen Nachteil.

## Leben

Wer nicht gelebt hat, stirbt nicht, er ändert nur seinen Zustand.

## Kinder und Erziehung

Erziehung ist die Kunst, seinen Kindern die eigenen Fehler zu ersparen.

...

Gebe deinen Kindern die Freiheit zu wachsen und die Grenzen zum Gedeihen.

...

Wer seine Kinder als i-Tüpfelchen auf einen erfolgreichen Lebenslauf betrachtet, tut gut daran, kinderlos zu bleiben.

...

Es ist nicht immer leicht konsequent zu bleiben, wenn dein Kind die Grenzen überschreitet, die du als Kind selbst gerne überschritten hast.
Es ist aber gut, sich daran zu erinnern, um den Spaß deines Kindes an der Grenzüberschreitung zu verstehen.

## Das seltsame Gasthaus in Moate

In Irland ist die Zeit der Geschichtenerzähler zwar vorbei, dennoch muss man immer noch damit rechnen, dass man unerwartet in den Sog einer Geschichte hineingezogen wird. Wenn ich an die folgende Geschichte zurückdenke, läuft mir heute noch ein kalter Schauer über den Rücken. Dabei beginnt diese Geschichte so banal, wie jede Geschichte einer Rückreise beginnen könnte.

Die Fähre nach Dublin Port hatte sich um drei Stunden verspätet. Eineinhalb Stunden vor Mitternacht holperte ich mit meinem Volvo endlich über die Blechbrücke, die als Verbindung zwischen der Inishfree und dem irischen Boden ausgefahren war. Noch etwas verschlafen hielt ich mich am Lenkrad fest und folgte gehorsam den winkenden Leitposten in Richtung der Hafenausfahrt.

Auf der Fähre hatte ich, Gott sei Dank, drei Stunden auf einer Bank in Paddy Reily ´s Pub schlafen können. Als ich auf den irischen Polizisten am Ausgang des Ports zufuhr, fühlte ich mich zwar etwas schläfrig, aber ansonsten fit.

„Ein netter Tag", empfing er mich und nahm meinen Pass, den er sich gar nicht richtig anschaute.

„Ja, sehr schön."

Es entwickelte sich ein typisches Gespräch, wie ich es viele Male so oder ähnlich geführt habe.

„Kommen Sie sicher nach Hause und viel Glück", sagte er schließlich.

Nur das Wetter wurde dieses Mal nicht thematisiert. Dafür wird es aber in dieser Geschichte noch eine große Rolle spielen.
Ich war also wieder zurück in Irland. Mechanisch lenkte ich meinen Volvo, beladen mit all den Gütern für verwöhnte Deutsche, am Liffey entlang in Richtung der Nationalstraßen nach Westen. Die Autobahnen M50 und M4 waren noch Stückwerk, sodass die meisten Straßen in Richtung Westen noch durch die Ortschaften geführt wurden.
Ich hatte Enfield bereits hinter mir gelassen und es war fast eine halbe Stunde vor Mitternacht.
Die Straße war nur noch schwach befahren und die Müdigkeit wollte mich übermannen. Ich erreichte dennoch Kinnegad und bog auf die Nationalstraße in Richtung Galway. Direkt hinter der Gabelung stand eine alte Frau am Straßenrand und deutete mit ihrem Daumen in meine Fahrtrichtung. Ich traute meinen Augen nicht – dort stand eine etwa achtzig jährige Hitchhikerin. Mein müdes Gemüt erwachte ob dieser unerwarteten Chance auf eine Reisegefährtin. Ich stoppte das Fahrzeug vor ihr und mit unglaublicher Rüstigkeit lief sie auf die Fahrertür zu. Sie war ein wenig überrascht, als sie

sah, dass der Platz bereits besetzt war, dann stellte sie aber fest:

„Es ist ein linksseitig gelenktes Auto."

Zufrieden mit ihrer Analyse bewegte sie sich sicheren Schrittes vorne um mein Auto herum, riss selbstbewusst die Beifahrertür auf und schwang sich mit einem Satz auf den Sitz.

„Du bist Deutscher? Nette Leute. Ich wohne in Moate."

„Liegt auf dem Weg."

„Fein, würdest du mich ein Stück mitnehmen?" Wie sollte ich nicht, sie war ja schon drin.

„Netter Tag." Es war der Beginn eines üblichen Small-Talk-Gesprächs. Ich erfuhr, dass meine Begleiterin Maria hieß, 75 Jahre alt war, sie eine Tochter in Castlebar hat und eine Cousine in Kinnegad besucht hatte.

„Gott segne dich dafür, dass du mich nach Hause bringst."

„Sehr gerne, meine Fähre hatte drei Stunden Verspätung und es ist sehr anstrengend alleine. Mit deiner Gesellschaft fühle ich mich fitter."

„Ja, sehr anstrengend", sie nickte.

„Ich hätte zwar gerne noch irgendwo einen Tee getrunken, aber die Pubs haben bereits geschlossen."

„Du bekommst deinen Tee, in Moate", versprach Maria.

„Ist dort noch ein Pub geöffnet?“
„Nein, wir kommen aber hinein.“

Darauf war ich gespannt. Meine Begleiterin schaute selbstbewusst nach vorn. Wir hatten bereits Kilbeggan hinter uns und sprachen kein weiteres Wort.

Der Ort Moate wirkte vollkommen ausgestorben, ich konnte mir nicht vorstellen, wo ich noch einen Tee bekommen würde.

„Bist du sicher, dass wir noch irgendwo hineinkommen, Maria?“

„Natürlich. Park das Auto dort auf dem freien Platz, siehst du das Pub auf der rechten Seite?“
„Ich sehe kein Licht mehr.“
„Das macht nichts.“

Maria sprang mit unglaublicher Behändigkeit aus dem Auto, sobald ich gestoppt hatte.

„Komm, komm“, befahl sie, als ich meine Glieder reckte, „wir müssen hier entlang.“

Sie deutete auf einen schmalen Weg, der rechts am Haus vorbeiführte. Sie nahm mich bei der Hand und zog mich zu einem Holztor hinter das Gebäude. Wir passierten es und Maria klopfte energisch an eine Hintertür des Hauses: Tam, Tam, Tam Teram, Tam, Tam. Ich fühlte mich nicht besonders wohl, aber ich vertraute ihr, sie nickte mir beruhigend zu. Ich vernahm hinter der Tür ein

Geräusch und alsbald wurde dort ein Riegel geschoben. Die Tür bewegte sich und ein feistes, etwa sechzigjähriges Gesicht mit einem Stoppelbart schob sich durch den soeben geöffneten Spalt. Die knopfförmigen Augen musterten mich einen Augenblick, dann schaute er auf Maria und sein Mund verzog sich zu einem breiten Lachen.

„Gott segne dich, Maria. Ich freue mich sehr, dass du noch vorbeischaust."

„Hi, hi, ist in Ordnung David, dieser Gentleman wünscht Tee."

David schaute mich neugierig an.

„Das ist Eric, gib ihm deinen besten Tee, er ist mein Gast."

David fasste mich beim Ärmel und zog mich sanft durch einen dunklen Flur. Auf der linken Seite am Ende des Ganges drang schummriges Licht durch die Ritzen einer Tür. Als wir den dahinter liegenden Raum betraten, sah ich, dass es von einem Torffeuer gespenstig in den Raum geworfen wurde und rot flackernd einen groben Holztisch beleuchtete, an dem sechs Männer versammelt waren. Der jüngste von ihnen mag siebzig gewesen sein. Stumm richteten sie ihre Blicke auf mich. David stellte mich vor:

„Das ist Eric, er kam mit Maria."

Sie nickten freundlich.

„Hallo, Eric, ich bin Eamon“, „John“, „Seán“, „Noel“, „Seamus“ und der letzte stellte sich mit James vor.

Einer von ihnen deutete auf einen leeren, sesselartigen Stuhl.
„Welcome, Eric.“

Ich setzte mich dazu. Maria und David, die ich in dieser eigenartigen Atmosphäre beinahe aus den Augen verloren hätte, zogen sich aus einer Ecke des Raumes ebenfalls einen Stuhl heran und setzten sich. Maria saß, ohne dass ich es bemerkt hatte, direkt hinter mir. Sie legte mir eine Hand auf die Schulter und wandte sich an David:

„Bring Eric den Tee, er hat mir einen großen Gefallen erwiesen.“
„Sorry, natürlich der Tee.“
Die Männer blickten mich an und nickten mir zu.
„Es war ein netter Tag heute“, sagte Seamus und sein letzter Schneidezahn lächelte mir zu.
„Ja, er war schön.“

„Sehr schön“, sinnierte Seamus, „ein bisschen Regen, aber nicht stürmisch“, ergänzte Seán.

„Heute Mittag hatten wir sogar etwas Sonne“, fügte John hinzu, „richtig warm war es.“
„Es hätte wirklich schlechter sein können, nicht wahr Noel?“ Eamon steigerte das mögliche Wetter, das nicht eintrat.

„Ja, wir hatten wahrlich schon schlechtere Tage",
resümierte Noel. Er saß mir gegenüber und sah
mich an.
„Du hast dir nicht den schlechtesten Tag
ausgesucht, zum Reisen."
„Ja, er hätte tatsächlich schlechter sein können."
Mittlerweise wusste ich, wie man solche Gespräche
führt.
„Besonders, wenn man um diese Nachtzeit eine
Anhalterin mitnimmt."

Noel warf einen Blick auf Maria und durchbrach
die Regel des Smalltalks. Ich vermutete, dass eine
Geschichte eingeleitet wurde, und richtig. David,
der Landlord, sprach zu Noel gewandt das Entrée:
„Meinst du wie damals, als dein Vater von
Kinnegad nach Moate gereist ist? Wie lange ist das
her, siebzig Jahre?"

„Es war ein völlig anderer Tag als heute, den
ganzen Tag stürmisch, der Regen fiel, als ob der
Herrgott uns eine Sintflut gesandt hätte. Ich sagte
ja, ein ganz anderer Tag als heute. Ich war gerade
neun Jahre alt, das weiß ich genau, es war am
Samstag nach meiner heiligen Erstkommunion. Ja,
es sind jetzt etwa siebzig Jahre."
Noel blickte gedankenversunken auf den Tisch, als
ob er dort die Geschichte fände, die so lange
zurücklag, eine eigentümliche Atmosphäre. Die
anderen senkten ehrfurchtvoll den Blick. Niemand

sagte in den nächsten Minuten etwas, es kam mir lang vor, aber ich wagte nicht, die Stille zu durchbrechen. Das sanfte Knistern des brennenden Torfes im Kamin unterstrich das Gefühl, das sich in meinem Bauch breit machte. Es war mir, als ob ich in eine Konferenz hineingeraten wäre, die nicht von dieser Welt war.

„Nein, es war wahrlich kein so schöner Tag wie heute, obwohl, gegen neun ließ der Regen nach, es wurde aber noch stürmischer."

Noel blickte in die Runde und seine Freunde nickten zustimmend.

„Der Wind war orkanartig und man konnte sich kaum auf den Beinen halten." Noel war also mindestens neunundsiebzig. Er hatte für sein Alter noch bemerkenswert dichtes, aber schneeweißes Haar. Forschend blickte er mich an.

„Ich kann mir nicht vorstellen, dass einen jungen Mann wie Eric die Geschichte eines alten Mannes interessiert."

Da täuschte er sich aber gewaltig, oder wollte er mich besonders neugierig machen? Ich konnte kaum erwarten, was es mit seiner Geschichte, die mit so viel Bedeutung in der Stimme eingeleitet worden war, auf sich habe. Deshalb nickte ich ihm ermunternd zu.

„Erzähle bitte weiter, was ist denn damals

passiert?"

Ich hatte währenddessen nicht bemerkt, dass bereits eine große Tasse Tee vor mir auf dem Tisch dampfte. Nun tippte David mir freundlich auf die Schulter:

„Dein Tee", sagte er. Ich nahm einen Mundvoll und ich hätte mich fast verschluckt, denn dies war ein typisch irischer Tee – ein steifer Whiskygrog, ich hätte es wissen müssen. Es war nicht der erste, der mir in Irland als Tee serviert wurde. Ich versuchte, mir die Überraschung nicht anmerken zu lassen. Besser vorbereitet nahm ich einen weiteren kräftigen Schluck aus der Tasse. Noel verzog sein Gesicht zu einem breiten Lächeln, wobei mir seine fortgeschrittene Zahnlosigkeit entgegenstrahlte, nur drei untere und zwei obere Schneidezähne waren noch sichtbar. Zufrieden nickte er und begann zu erzählen:

**Noel erzählt die Geschichte über seinen Vater**

(1926)

Es war, wie gesagt, ein sehr stürmischer Tag. Dad hätte um zehn Uhr abends zu Hause sein sollen, aber er kam nicht, auch nicht um zwei oder vier, er kam überhaupt nicht. Mom war die ganze Nacht in der Küche. Am Morgen sagte sie zu mir und meinen beiden Brüdern, dass sie zur Garda-Station nach Moate fahren müsse, weil

Dad nicht nach Hause gekommen sei. Wie so oft wurde ich mit hineingezogen, weil ich der Jüngste war. Ich glaube, Mom traute sich nicht, allein dorthin, also sollte ich sie begleiten. Sie wäre nie freiwillig zur Garda-Station gefahren, sie sagte immer, anständige Leute hätten mit der Garda nichts zu tun. Aber es war ein Notfall, und die Sorge um Dad hat sie dazu gebracht, mit ihren eigenen Prinzipien zu brechen. Normalerweise wären wir mit Betsy, unserer Stute, nach Moate gereist, da sie aber mit Dad fort war, bat Mom ihren Bruder Dan, meinen Onkel, sie mit dem Wagen dorthin zu bringen. Die Fahrt dauerte etwa eine halbe Stunde. Als wir Moate erreichten, gab sie Onkel Dan sechs Schillinge, damit er drüben im Pub ein Pint trinken konnte, sie werde zu Fuß Besorgungen machen. Was sie vorhatte, mochte sie ihm nicht sagen, es interessierte ihn auch nicht im Geringsten. Er ließ sich in der Regel zwar nichts vorschreiben, hier aber machte er gerne eine Ausnahme und trottete folgsam in das Pub auf der anderen Straßenseite, der unerwartete Geldsegen würde ihn eine ganze Weile dort beschäftigen.

Die Garda Station lag an der Athlone Road und wir mussten etwa noch sechshundert Yards gehen. Als wir sie erreichten, verharrte Mom zögernd vor dem Eingang. Sie nahm mich bei der Hand und schaute ängstlich auf die Tür, dann gab sie sich endlich einen Ruck und stieß sie auf. Wir betraten direkt einen Raum und standen nach wenigen Schritten vor einer Art Pult, das von einer Wand zur anderen reichte. Stapel mit Zetteln lagen darauf und in die linke Seite war eine Schwenktür eingelassen. Im Raum dahinter standen mehrere Schreibtische, an denen zum Teil uniformierte Gardai saßen. Sie blickten auf, als wir den Raum betraten. Mit kleinen zögernden Schritten ging Mom auf das Pult zu und einer der Gardai stand auf und trat zu ihr. Ob sie okay sei, fragte er freundlich mit einem Lächeln. Mom stellte sich als Nora McNicholas vor. Er stellte sich als Tony Railey vor und fragte, was er für sie tun könne.

„Ich suche meinen Mann Eamon.“

„Eamon McNicholas?“

„Ja.“
 Sein Gesicht wurde ernst, die anderen Beamten stellten ihre Aktivitäten ein und schauten interessiert zu uns herüber.

Mom sagte, dass er am Vortag nicht nach Hause gekommen sei und auch heute noch nicht da wäre. Ihre Stimme klang ängstlich, ihr war die merkwürdige Reaktion der Männer sehr wohl aufgefallen. Sie erzählte, dass Dad gestern am Morgen mit der Stute und dem Wagen nach Kinnegad gefahren sei, zum Frühjahrsmarkt. Gegen zehn in der Nacht wollte er zurück sein. Mr. Railey schüttelte den Kopf und fragte, ob Eamon trinke, manchmal vielleicht etwas mehr.

Jetzt stützte Mom entrüstet ihre Hände in die Taille und sagte energisch, dass beim Zeugnis Jesus Christus ihr Mann kein Trinker sei und sie schwor bei der heiligen Jungfrau Maria, dass sie ihren Mann niemals betrunken gesehen habe.

Der Garda hatte Moms Beschwörungen mit interessierter Miene angehört und wandte sich zur Schwenktür, die er nach innen öffnete. Er bat uns, ihm zu folgen. Mom schaute sich verunsichert zu mir um und ich nickte so ermutigend, wie ich es eben konnte. Bei allen Heiligen, ich sage euch, trotz meiner jungen Jahre wusste ich, dass sie meine Unterstützung brauchte. Ich nahm ihren Arm und zog sie hinterher. Der Garda öffnete eine Tür, wandte sich zu uns und bat uns, hereinzukommen. Er verhielt sich sehr behutsam und lächelte gutmütig, er konnte wohl nachempfinden, wie unangenehm sich Mom in dieser Situation fühlte. Wir folgten ihm in einen Raum, der etwa gleich groß war wie der Vordere. Hier standen zwei große Schreibtische und an der rechten Wand eine lange Bank. An einem der Schreibtische saß ein älterer Garda, eine würdevolle Erscheinung. An der gegenüber liegender Wand gab es eine weitere Tür. Mr. Railey stand neben dem Älteren am Schreibtisch und sprach so leise mit ihm, dass ich nichts verstehen konnte. Hin und wieder blickten sie zu uns herüber. Nach einer Weile erhob sich der Ältere und kam zu uns. Galant verbeugte er sich vor Mom und stellte sich höflich und freundlich als Sergeant Tom Flynn vor. Er bat uns, für einen Augenblick zu ihm herüberkommen, weil er ein paar Worte mit uns über Dad reden wolle. Er rückte Mom einen Stuhl zurecht.

Von ihm erfuhren wir nun, dass Dad hier sei, weil er um Sieben am Morgen wie wild vor die Außentür geschlagen habe. Der Sergeant hatte gerade seinen Dienst begonnen und sie war noch verschlossen. Als er öffnete, ergriff Dad mit beiden Händen die Revers seiner Jacke und begann wie ein Verrückter daran zu rütteln. Er sei Eamon McNicholas und flehte um Hilfe. Als wolle er es noch einmal unterstreichen, schüttelte er wiederum kräftig. Er beschwor alle Heiligen und flehte um Hilfe.

Da der Sergeant keine unmittelbare Gefahr
erkannte und Dad zudem eine deutlich riechbare
Alkoholfahne hatte, hielt er es für besser, sich
erst einmal selbst zu helfen und befreite sich aus
dem Griff Dad`s. Dies sei, bei Gott, schwer
genug gewesen, weil Dad Bärenkräfte habe.

„Beruhigen sie sich Eamon“, sagte ich,
„kommen sie doch zuerst einmal herein, sie sind
hier sicher.“

Tatsächlich hätte er sich dann etwas beruhigt, so
dass er ihn ohne Probleme in eine der Zellen
bringen konnte. Man habe Betten dort, für
gelegentliche Gäste. Dabei zeigte der Sergeant
auf die Tür, die ich beim Eintreten bemerkt
hatte.
Der Sergeant habe Dad gebeten, sich auf das
Bett zu legen, welches er ihm zuwies. Dad sei
nun widerspruchslos gefolgt und der Sergeant
habe dann einen Stuhl neben Dad‘s Lager
platziert. Er habe ihn nun gebeten, ihm der
Reihe nach zu erzählen, was eigentlich
vorgefallen sei. Er habe ihm dann eine
Geschichte erzählt, die so unglaublich sei, dass
er zunächst einmal annahm, er wolle ihn auf den
Arm nehmen. Aber ein Blick in seine wild
flackernden Augen, sein unruhiges Atmen und
weitere Anzeichen seiner Erregung verrieten

ihm, dass es Eamon gewiss nicht zum Scherzen
zumute war. Der Sergeant glaubte dann, dass im
Moment nichts zu machen sei und Dad erst
einmal ein paar Stunden Ruhe brauche. Er habe
ihm dann ein Pulver verabreicht, das er selbst
gelegentlich zur Beruhigung nehme. Tatsächlich
sei er dann auch friedlich eingeschlafen und er
habe sich vorgenommen, ihn später noch einmal
in Ruhe zu befragen. Er habe vermutet, dass Dad
einfach mehr getrunken habe, als er vertragen
könne. Die wirre Geschichte habe ihm aber
dennoch keine Ruhe gelassen, weil doch nicht
alles nur Halluzination sein könne. Dann meinte
der Sergeant, es sei nun wohl an der Zeit, Dad
zu wecken. Es sei vielleicht auch besser, wenn
er uns alles selbst erzählen würde, falls er sich
überhaupt noch daran erinnere. Dann bat er uns
nach nebenan, verharrte aber und fragte sich, ob
es für mich gut sei, Dad in diesem Zustand zu
sehen. Dann erhob er sich aus dem Sessel, ich
erschrak ein wenig, denn ich wollte Dad's
Geschichte natürlich nicht verpassen. Meine
Sorge war aber unbegründet, denn Mom sagte,
dass es schon in Ordnung sei, ich sei ein
verständiger Junge. Tatsächlich aber mochte sie
wohl nicht alleine mit dem Sergeanten zu Dad
gehen. Dieser holte aus einer der Schubladen
einen Schlüssel und schloss die Tür auf, hinter

der sich Dad befand. In dem Raum gab es zwei vergitterte Zellen, deren Türen offenstanden. In einer von ihnen erkannte ich auf einer Pritsche Dad, er saß bereits halb aufgerichtet und sah uns eintreten. Zerzaust und müde sah er aus. Mom lief zu ihm und umarmte ihn.

„Jesus Christus, was ist mit dir passiert?", rief sie hysterisch.

„Gott sei Dank, dass du hier bist, Nora."

Der Sergeant fragte Dad dann, ob er sich daran erinnern könne, was er ihm am Morgen erzählt habe? Ich setzte mich an das Fußende von Dad's Liege und wartete gespannt.

Und ob er sich erinnere, als ob man so etwas vergessen könne, aber er glaube ihm ja nicht.

Ehrlich gesagt, nein, meinte der Sergeant, so unglaublich wie alles klänge. Den Anfang nehme er ihm vielleicht noch ab, aber dann habe er einfach nur einen über den Durst getrunken. Der Sergeant verzog seinen Mund zu einem breiten Grinsen, denn selbst Gardai haben Verständnis für Durst.

Dad beschwor die heilige Jungfrau Maria, die Geschichte habe er erlebt, so wie er sie erzählt habe, nichts sei erfunden oder ausgelassen worden. Dad regte sich sichtlich auf.

Der Sergeant schlug dann vor, dass er am besten noch einmal erzählen solle, was nach seiner Meinung vorgefallen sei. Er werde sich anschließend ein Bild machen. Die Heilige Jungfrau soll er besser aus dem Spiel lassen, er bringe sich noch um sein Seelenheil. Er solle nur erzählen, was in der Nacht vorgefallen ist. Er habe dabei die Gelegenheit, seine Geschichte zu überdenken und an geeigneten Stellen zu korrigieren. Er sei nur an Tatsachen interessiert, an das, was sich also wirklich ereignet hat? Der Sergeant sah ihn streng an.

„Bei allen Heiligen", begann Dad, „ich habe weiß Gott nichts zu korrigieren, ich versichere euch, dass sich alles so zugetragen hat, wie ich es euch jetzt erzähle." Er hatte sich beruhigt, sein Blick wurde nachdenklich und er begann:

### Geschichte des Eamon McNicholas

Das Marktgeschäft war zufriedenstellend, obwohl es regnerisch und stürmisch war. Ich habe die Hühner zu einem guten Preis verkauft. Bereits gegen Fünf am Nachmittag war ich vollständig ausverkauft. Ich machte noch Besorgungen auf dem Markt, und da der Tag erfolgreich und es außerdem noch sehr früh war, beschloss ich, noch ein oder zwei

Pints zu trinken. Ich trank dann wohl eher fünf und machte mich dann auf den Weg nach Hause. Der Regen hatte etwas nachgelassen, der Wind aber zugenommen. Er blies mir direkt ins Gesicht und Betsy hatte Schwierigkeiten, den Wagen gegen den Wind zu ziehen. Mein Mantel war fest zugeknöpft und ich hatte mir die Mütze tief ins Gesicht gezogen. Gegen den Wind kamen wir nur langsam voran. Wir mochten etwa eine Stunde unterwegs gewesen sein, als Betsy scheute. Wenige Meter weiter erkannte ich im schwachen Licht der Lampe eine vom Wind zerzauste Frauengestalt, die mit ihren Händen andeutete, ich möge anhalten. Ich brachte Betsy zum Stehen und erkannte das Gesicht einer Greisin, die ich auf etwa achtzig Jahre schätzte. Ich fragte sie, was um alles in dieser Welt Sie bei diesem Wetter auf dieser dunklen Straße mache. Sie erwiderte, dass sie ihre Schwester in Kilbeggan besucht und gehofft habe, der Regen würde etwas nachlassen. Sie wolle nach Moate und sei eigentlich gut zu Fuß, aber bei diesem Sturm sei es doch sehr anstrengend, man käme kaum dagegen an. Ob ich einer alten Frau behilflich sein könne, sie ein Stück des Weges mitnehmen? Selbstverständlich

konnte ich helfen und sie sogar bis Moate
mitnehmen, ich musste ja noch etwas weiter.
Gott möge mich segnen, sagte sie. Sie stellte
sich als Maria vor. Mit der Behändigkeit
einer jungen Frau schwang sie sich auf den
Wagenbock und setzte sich neben mich.
Ich stellte mich vor und erklärte ihr den
Anlass meiner Reise. Gott solle mich segnen,
wiederholte sie und ich sei ein guter Mensch.
Ich war geschmeichelt und sagte, ich helfe ihr
gern. Sie band ihr Kopftuch fester und
wickelte sich in ihren weiten, schwarzen
Mantel ein.
„Ein sehr stürmischer Tag", sagte sie, „aber
ganz nett."
„Ja ein netter Tag, stürmisch, aber er könnte
schlimmer sein."
„Wahrlich, das könnte er", bestätigte Maria.
Dann sprach sie bis Moate kein weiteres
Wort. Ich hatte genug damit zu tun, Betsy zu
motivieren, den Wagen weiter gegen den
Wind zu ziehen. Es war ein hartes Stück
Arbeit, aber wir erreichten unser Ziel.
Sie unterbrach dann ihr Schweigen, ich solle
dort halten und sie deutete mit ihrem
knochigen Zeigefinger nach rechts auf einen
größeren Platz vor einem Pub, das aber
bereits geschlossen hatte. Sie träfe sich dort

noch mit Freunden auf einen Tee, ich sei sehr willkommen. Eine kleine Rast würde auch meiner braven Stute guttun. Da ich mich schläfrig fühlte, kam mir diese Einladung gelegen und ich willigte dankend ein. Es sei wirklich sehr nett von mir gewesen, dass ich sie mitgenommen habe, und sie bestätigte ihre Aussage nickend. Sie tippelte zu einem Tor rechts vom Pub, stieß dagegen, und es öffnete sich knarrend. Sie ermunterte mich, ihr zu folgen. Wir traten durch das Tor und Maria blieb vor einer Tür stehen. Ohne Zögern schlug sie mit ihrer knöchernen Hand davor: Tam, Tam, Tam Teram, Tam, Tam. Wir warteten. Dann hörte ich, wie ein metallener Riegel geschoben wurde, die Tür öffnete sich. Das Gesicht eines Mannes, ich schätzte ihn Mitte sechzig, wurde im Schein seiner Lampe sichtbar. Er streckte den Arm aus, um Maria anzuleuchten. Dann verzog er sein Gesicht zu einer Grimasse, was wohl so etwas wie ein Lächeln bedeutete und sagte: „Sláinte Maria. Welcome!"
Sie antwortete ebenfalls mit Sláinte Paul. Dann hob er die Lampe und leuchtete mich an. Maria stellte mich vor. Ich habe ihr einen großen Gefallen getan und habe sie bei diesem Sauwetter hergebracht, ein netter

Mann. Sie habe mich eingeladen einen von seinen Spezial- Tees zu trinken, sie hoffe, es sei recht. Paul hieß mich willkommen und sagte, dass ich hereinkommen und ihnen Gesellschaft leisten solle. Wir folgten ihm in einen Raum. Fünf alte Männer saßen um einen Tisch versammelt, es mochte keiner unter Achtzig gewesen sein. Im Kamin brannte ein Torffeuer und auf dem Tisch spendete eine Öllampe zusätzliches Licht, sie bildete flackernd die Schatten der Fünf auf den umliegenden Wänden ab. Hier war nicht der Schankraum, es musste einer der hinteren Zimmer gewesen sein. Paul stellte mich den Fünfen vor und erklärte ihnen den Anlass und dass ich ihnen in dieser Nacht Gesellschaft leisten würde. Die Greise hießen mich nacheinander willkommen und forderten mich gemeinsam auf, mich zu ihnen zu gesellen. Sie sagten das Letzte wie im Chor und deuteten auf einen freien hölzernen Sessel, der am Tisch mit der Lehne zum Feuer stand. Ich bedankte mich und nahm die Einladung dankend an. Maria setzte sich in einen Sessel neben dem Kamin. Paul stellte einen großen steinernen Becher mit einer dampfenden Flüssigkeit vor mich auf den Tisch, er hatte sie aus einem Kupfertopf

geschöpft, der an einer Kette über dem
Kaminfeuer hing. Es roch nach einem steifen
Whiskypunsch. Da es mir im Sturm auf dem
Wagen kalt geworden war, nahm ich den
Becher dankend an und sog einen kräftigen
Schluck des heißen Getränkes auf. Die
Gesellschaft murmelte mir ein Sláinte zu, was
sich fast wie ‚Amen' anhörte. Es war
unbeschreiblich, wie wohltuend sich die
heiße Flüssigkeit in meinem Magen
ausbreitete und mit einem angenehmen
Schauer tat ich noch einen großen Schluck.
„Guter Stoff", sagte ich, sehr zur
Zufriedenheit der Gastgeber.
„Hi Paul, Eamon mag deinen Tee", dann
wurde er ernst.
Was mich um diese Nachtzeit bei diesem
lausigen Wetter auf die Straße treibt, fragte
mich der Alte, der mir direkt gegenübersaß.
Ich erzählte ihm von meinem Tag in
Kinnegad.
Ich hätte mir aber einen sehr ungünstigen Tag
für solche Fahrten ausgesucht, dieser Sturm
und ausgerechnet heute.
Ich wäre schon häufiger bei Sturm gereist, es
sei nicht angenehm, aber es ginge. Warum
sollte es heute anders sein. Die Männer
blickten sich gegenseitig düster an.

Ob ich tatsächlich nicht wisse, welche Nacht heute sei? Der Sprecher blickte mich mit grauen, tief in den Höhlen liegenden Augen an. Mir war nicht bewusst, was in dieser Nacht anders sein sollte als sonst. Ich musste mich stärken und nahm einen kräftigeren Zug aus meinem Becher. Ich sah, dass Paul wieder nachgefüllt hatte. Er weiß es tatsächlich nicht, wunderte sich der Sprecher an die anderen gewandt. „Unglaublich“, murmelte es in der Runde. Die Greise schüttelten verwundert den Kopf.

„Er weiß es nicht“, murmelte Paul, „gütiger Gott.“

Dann empfahl mir der Sprecher, gut zuzuhören.

„Bei der heiligen Jungfrau Maria, alles, was ich erzähle, weiß ich aus erster Hand, denn meine Vorfahren standen zehn Generationen lang in den Diensten der O'Malaghlin, deren Dynastie mit dem Tode des kinderlos gebliebenen Saoirg O'Malaghlin im 19. Jahrhundert endete. Mein Großvater war der Letzte in ihren Diensten, doch die Ereignisse sind in meiner Familie so lebendig geblieben wie unsere eigene Familiengeschichte.

Heute ist die Nacht des ewigen Blutgerichts. Seit 350 Jahren wiederholt sich diese Nacht etwa alle siebzig Jahre im ersten Sturm nach Ostern. Sie begründet sich auf ein Ereignis, das ins Jahr 1505 zurückreicht."

### Die Nacht des ewigen Blutgerichts

(1475-1505)

Moate war noch ein kleiner Ort und die Straße von Kinnegad eher ein Trampelpfad, getreten von den Pferden und den Füßen der wandernden Händler. Nicht weit von hier stand das Haus des Nuada O'Malaghlin, einem wohlhabenden Landfürsten, der neben zwei erwachsenen Söhnen eine Tochter hatte, die Maria hieß. Seine Gattin war bei der Geburt Marias gestorben, und da er sich nicht wieder vermählte, brachte er dieser Tochter seine ganze Zuwendung dar.

Mein seliger Ahn ist von Nuada O'Malaghlin als Küchenjunge angestellt worden, fünfzehn Jahre, bevor Maria geboren wurde. Zu jener Zeit, als die Gattin des Nuada O'Malaghlin ihr Leben gab, hatte mein Ahn sich zum ersten Butler hochgearbeitet und führte den Haushalt des Clans. Maria wuchs zu einer schönen Jungfrau heran und mein Ahn, Conchobhar (Conor) McClannard, war der engste Vertraute der damals Zwanzigjährigen. Er zeigte großes Einfühlungsvermögen für die Belange einer so jungen Frau, und Conchobhar, selbst erst vierzig Jahre alt, war für sie wie ein Vater oder ein älterer Bruder, je nachdem, wessen sie bedurfte. Jene Zeit, über die ich hier spreche, war für die O'Malaghlin eine harte Zeit, denn Marias Vater hatte seinen ältesten Sohn jüngst bei einem Jagdunfall verloren. Nuada O'Malaghlin war dem Selbstmitleid erlegen, so dass es für das Mädchen besonders wichtig war, meinen Ahn Conchobhar als verständigen Freund an ihrer Seite zu wissen.

Der Tod des Ältesten hatte die ordentliche Erbfolge des O'Malaghlin Clans vollständig auf den Kopf gestellt und der Jüngere war in die Verpflichtungen eines künftigen Clanchefs nicht eingeführt. Wie so häufig in derartigen Familienkonstellationen pflegte der Jüngere einen aufwendigen Lebensstil, ohne die lästigen Verpflichtungen eines Stammhalters. Man kann sagen, dass es Jeremias, so war der Name dieses jungen Mannes, nicht gerade gelegen kam, als er

so unvermittelt in eine derart exponierte
Rolle gestoßen wurde, kurzum, schon am
Tage der pompösen Beisetzung seines
großen Bruders überlegte Jeremias
fieberhaft, wie er den Kelch der Pflichten
eines Stammhalters an sich vorüberziehen
lassen könne. Er beschloss, sich zunächst
nicht mit dieser Frage auseinanderzusetzen
und verschwand bereits am frühen Morgen
des Tages nach der Beisetzung, ohne eine
Nachricht über seinen zukünftigen
Aufenthalt zu hinterlassen. Die fehlenden
Goldmünzen aus dem Familienschatz
deuteten aber darauf hin, dass so bald mit
seiner Rückkehr nicht zu rechnen war.
Damit wurde Maria die Rolle der
Pflichtenträgerin zuteil, denn Nuada
O'Malaghlin wusste, dass Jeremias diese
Bürde nicht alleine tragen könnte, selbst
wenn dieser beizeiten wiederauftauchte.
Sicher war, dass er eines Tages wieder
erscheinen würde. Irgendwann würde das
mitgenommene Vermögen aufgebraucht
sein, und bei Jeremias aufwändigem
Lebensstil war damit noch zu Lebzeiten
Nuada O'Malaghlins zu rechnen. Wenn
Jeremias langfristig auch benötigt wurde,
um den Namen der O'Malaghlin

fortzusetzen, so würde Maria doch die Stammhalterpflichten des Familienclans tragen müssen. Mit anderen Worten, Maria würde Macht und Reichtum der Familie so lange verwalten, bis ein würdiger, männlicher Nachfolger dieser Aufgabe wieder gewachsen wäre. Allerdings müsste dieser von Jeremias erst gezeugt werden und die Hoffnung, dass dieses einmal geschehen würde, war von Nuada O'Malaghlin noch nicht aufgegeben worden.

Meinem Ahnen fiel damit die wichtige Rolle eines Lehrers zu, denn Conchobhar war lange genug in den Diensten des Fürsten, um zu wissen, worauf es ankam. Maria fügte sich mit einer solchen Ernsthaftigkeit in die ihr übertragene Aufgabe, dass man lange suchen müsste, um bei einem Menschen in solch jungen Jahren Vergleichbares zu finden.

Du musst bedenken, dass mit dieser Entscheidung ein großes Opfer für Maria untrennbar verknüpft war, sie musste sich zur Jungfräulichkeit auf Lebzeit verpflichten, denn bei einer standesgemäßen Verehelichung wäre nicht nur ein großer Teil des

Familienvermögens für die Mitgift
verloren gegangen, Maria hätte ihre Kraft
auch in einen anderen Familienclan
einbringen müssen, so dass sie für die ihr
zugedachte Aufgabe nicht mehr zu
Verfügung gestanden hätte. Es gab aber
auch noch einen weiteren Grund, der noch
weit schwerer wog. Um die Herrschaft zu
verwalten, musste Maria die Dynastie
nach außen repräsentieren, und das war
keineswegs selbstverständlich, im
Gegenteil, ein solches Unterfangen war
nur in einer Form möglich: Maria musste
das Gelübde der ewigen Jungfräulichkeit
ablegen, sie sollte also eine Ordensfrau
werden. Nur in dieser Eigenschaft würde
sie von anderen Clans und deren
Gefolgsleuten, ja, sogar von den eigenen
Gefolgsleuten, ohne Ehemann akzeptiert
werden. Noch vor ihrem
einundzwanzigsten Lebensjahr hatte Maria
sich mit ihrem Vater auf die weite Reise
nach Baile Àtha Cliath[1] begeben, um dort
als Novizin in einen Orden einzutreten.
Als sie sechsundzwanzig Jahre alt wurde,
legte sie in Baile Àtha Cliath das ewige

---

[1] Dublin

Gelübde ab. Bereits zur Zeit ihrer
Aufnahme war vereinbart worden, dass sie
danach den Orden verlassen und auf das
Anwesen ihres Vaters zurückkehren sollte.
Es ergab sich seinerzeit, dass geistliche
Würdenträger häufiger die Straßen von
Baile Àtha Cliath nach Westen bereisten,
und so begab sich Maria in die Obhut
zweier Priester, die vom Heiligen Vater in
Rom in die heutige Grafschaft Longford
beordert worden waren. Es war windig
und regnerisch, aber das störte in dem
geschlossenen Wagen der Geistlichen
nicht weiter. Sie kamen gut voran. In
Kinnegad würde Maria sich von ihrer
Begleitung trennen müssen, um ihren Weg
bis Moate fortzusetzen. Nach zwei
Tagesreisen trafen Maria und die
Hochwürdigen hier ein, und bevor sie sich
trennten, erteilten sie Maria noch ihren
Segen. Der Wind hatte am Tag noch etwas
zugenommen und auch der Regen wurde
heftiger.

(1926)

Der Erzähler hielt inne und blickte in die
Runde. Er dehnte die Pause genüsslich aus,
sah zu mir herüber und sagte an mich
gewandt:

„Von hier an lasse ich Maria am besten selbst
zu Wort kommen, denn das, was jetzt
passierte, hatte sie später meinem Ahnen
anvertraut, der es über die Generationen
weitergab, sodass mein Großvater mir
folgendes erzählte.“

## Marias Erzählung

(1505)
Nachdem ich mich von den Ehrwürdigen
verabschiedet hatte, begab ich mich zum
Pfarrhaus, um dort die Nacht zu
verbringen. Der Tag war bereits sehr
fortgeschritten und der Pfarrer würde
eventuell eine Mitfahrgelegenheit für den
nächsten Tag organisieren können. Zu
meiner Enttäuschung fand ich das
Pfarrhaus verschlossen und in einem
Gasthaus wollte ich mich als Ordensfrau
nicht begeben. Somit entschloss ich mich
kurzerhand, mein Glück auf andere Weise
zu versuchen. Ich wusste, dass
gelegentlich ein Gespann von Kinnegad
nach Athlon reiste, daher verließ ich mich
auf Gottes Fügung. Ich machte mich zu
Fuß auf den Weg und verließ die
Hauptstraße nach Longfort. Den Weg nach
Moate kannte ich noch von meiner Reise

nach Baile Àtha Cliath und er schien sich seither auch nicht verändert zu haben. Es war am Tage bereits ausgesprochen windig, als aber die Nacht anbrach, wuchs der Wind zu einem fauchenden Sturm an. Er fegte von Westen her, so dass ich kaum dagegen ankam. Auch der Regen schien stärker geworden zu sein, doch ein langer Mantel mit Kapuze schützte mich leidlich. Ich mochte wohl vier Stunden unterwegs gewesen sein. Es könnten aber auch weniger oder wesentlich mehr sein, in einer solchen Lage lässt sich Zeit nicht schätzen.

Das Getöse des Windes war so heftig, dass ich den Wagen erst bemerkte, als er neben mir zum Stehen kam. Ich konnte den Wagenführer nicht sehen, er hielt eine Lampe auf mich gerichtet, sein Gesicht lag im Schatten. Er fragte mich, warum ich als gottgeweihte Schwester um diese Zeit so allein auf diesem dunklen Pfad unterwegs sei. Seine Stimme klang angenehm und ich fasste gleich Vertrauen zu diesem Menschen. Mir kam diese Stimme vertraut vor, so als würde ich sie kennen. Ich glaubte damals an Gottes Fügung, nachdem er mich in diesem fürchterlichen

Sturm geprüft hatte, deshalb scheute ich mich nicht zu fragen, ob er über Moate reise und mich zumindest ein gutes Stück mitnehmen könne. Der Wagenlenker besann sich und richtete die Lampe auf sich selbst. Er sagte, dass er nicht weit von Moate wohne und stellte sich als ältesten Sohn des Clanchefs Pádraig McLough vor, Seán McLough. Es sei ihm eine Ehre, mir einen Platz an seiner Seite anzubieten. Ich erkannte ihn im Schein seiner Lampe, meinem Herzen wurde es eng in seiner Brust. Seán war seinerzeit ein Jagdgefährte meines verunglückten Bruders und er war sogar dabei, als sich das Unglück ereignete. Er dagegen schien mich nicht zu erkennen, zumindest gab es keine Spur des Erkennens in seinem Gesicht. Ich dankte Gott, dass ich ihn nicht erkannte, als er das Licht auf mich gerichtet hatte, denn ich spürte, wie mir das Blut ins Gesicht gestiegen war, er hätte meine Errötung bemerken müssen. Als ich Seán zum letzten Mal sah, war ich noch fünfzehn und unsterblich in ihn verliebt, doch er hatte mich damals kaum eines Blickes gewürdigt. Es schien, dass er mich tatsächlich nicht angesehen hatte,

denn er erkannte mich nicht und so sehr
konnte ich mich nicht verändert haben,
oder war es meine Ordenskleidung?
Mit weichen Knien stieg ich zu ihm auf
den Bock und war dankbar für die
Dunkelheit, meine Verlegenheit würde
unbemerkt bleiben. Erst jetzt wurde mir
bewusst, dass ich diese Gefühle gar nicht
haben durfte und versuchte dagegen
anzugehen. Er ist nur ein Bekannter, sagte
ich mir, mehr nicht. Ich bin eine dumme
Göre, beschwor ich mich weiter,
Kleinmädchenschwärmerei. Ich bin
sechsundzwanzig und eine Ordensfrau, die
Erinnerung hatte mich überwältigt. Das
ist jetzt überstanden. Wie, um es mir selbst
zu beweisen, frug ich ihn, ob er mich nicht
erkennen würde. Ich erschrak über den
Klang meiner Stimme, denn sie war alles
andere als sicher und ich hoffte, dass er es
im Getöse des Sturms nicht mitbekommen
hatte. Seine Antwort aber ließ mir das Blut
ins Gesicht steigen, wärmer noch als
zuvor.
Er habe mich selbstverständlich erkannt,
ich sei die Tochter des Nuada
O'Malaghlin. Wie solle ihm damals eine
solch schöne Jungfrau nicht aufgefallen

sein. Sie sei aber nun eine gottgeweihte Ordensfrau und es wäre unschicklich, sie in Verlegenheit zu bringen. Er habe akzeptiert, dass er damals und jetzt streng trennen muss. Gefühle lassen sich aber allzu oft schwer unterbinden. Er wisse aber, dass ihm die aufkeimenden Gefühle für mich nicht mehr zustanden. Ich dürfe, nunmehr gottgeweiht, für die weltliche Liebe nicht mehr begehrt werden.

Er sei seinerzeit unsterblich in mich verliebt gewesen und meine schüchternen Blicke und das leichte Erröten meines Gesichtes, wenn er mich angesehen hatte, habe ihn ermutigt, bei meinem Vater um meine Hand anzuhalten. Als Abkömmling eines ebenbürtigen Clans sei das ja nichts Unschickliches gewesen und er habe selbstverständlich vorher seinen eigenen Vater gefragt, der einer Vermählung mit Wohlwollen zugestimmt hätte. Mein Vater aber habe sich wie ein eifersüchtiger Freier verhalten und es schroff abgelehnt. Dann besann er sich aber und eröffnete ihm, dass ich mich Gott weihen wolle und das ewige Gelübde ablegen möchte. Sein Vater selbst war zunächst enttäuscht, aber einer Gottweihung konnte man nichts

entgegensetzen. Beide Clans blieben
daher, trotz der Abweisung, weiterhin
freundschaftlich verbunden.

Seán sagte, er habe zu Beginn mit Absicht
das Licht nicht auf sich selbst gerichtet,
denn es wäre ihm schwergefallen, sich zu
fangen und ich sollte es nicht bemerken.
Aber jetzt, da ich ihn so direkt gefragt
habe, könne er sich nicht mehr
zurückhalten. Wie sehr habe er vor Jahren
gehofft, dass ich ihm persönlich meine
Motivation erläutern würde, mit ihm
reden, nachdem mein Vater eine
Vermählung ausgeschlossen hatte. Er wäre
schon glücklich gewesen, wenn er mit mir
hätte reden können, ich ihm vielleicht
gesagt hätte, dass meine Wahl auf ihn
gefallen wäre, wenn ich mich nicht für
Gott entschieden hätte. Das wäre für ihn
zumindest ein kleiner Trost gewesen, denn
seine Liebe zu mir könne er nicht
abstellen.

In mir wuchsen dunkle Gedanken. Seán
hatte um meine Hand angehalten, mein
Vater hatte es nie erwähnt, nicht einmal
angedeutet hatte er es. Aber dann besann
ich mich und antwortete ruhig, dass mein
Vater es mir nie erzählt habe, aber es sei

sicherlich schon zu spät gewesen und ich
durfte nicht mehr an eine eigene Zukunft
denken, bei der Aufgabe, die zu
übernehmen meine Pflicht war. Nach dem
tödlichen Unfall meines Bruders war ich
die Einzige, die den Fortbestand unseres
Clans sichern konnte, er wollte mich
sicher nicht verwirren. Dann aber sagte
Seán verwundert:
„Der Tod Deagláns? Dieser Plan des
Herrn war seinerzeit noch niemandem
bekannt. Ihr Bruder war noch bei bester
Gesundheit, als ich Ihrem Vater mein
Begehren vortrug.“
Wir hätten anderes geplant, sagte er, ich
sei zu kostbar für eine Ehe. Damals
glaubte Seán, die Zurückweisung
geschehe mit meinem Einverständnis,
doch mein Unwissen über seinen Antrag
weckte einen ungeheuerlichen Verdacht in
uns. Mein Vater hatte es von Anfang an
für mich geplant, – ohne mein Wissen. Er
hatte für mich die Jungfräulichkeit auf
Lebenszeit bereits entschieden, zu Zeiten,
als Deaglán noch lebte. Als Ordensfrau
habe er mich ganz für sich, kein Mann
würde mich je berühren. In mir zerbrach
eine Welt, mein Vater hatte mich um mein

Lebensglück betrogen, aus eigennützigen Motiven verraten und verkauft. Mir wurde mit einem Schlag klar, dass er mich nicht nur Zeit seines Lebens an sich binden wollte, ich sollte auch danach noch in seinem Sinne gebunden bleiben, niemals sollte ich frei sein für einen Mann. So, wie das durch Betrug genährte Gefühl zu meinem Vater zerbrach, entflammte die noch schwelende Liebe zu jenem Mann neben mir erneut, heftiger als jemals zuvor. Ich wehrte mich nicht mehr dagegen, so wie ich es unzählige Male tat. Als junges Mädchen, weil ich glaubte, ich würde ihm nichts bedeuten, im Kloster, weil es nicht sein durfte. Ist Gott nicht auch betrogen worden, als ich mich ihm unter falscher Voraussetzung weihte? Ich beeilte mich Seán zu sagen, dass ich mich unter der damaligen Voraussetzung nicht für Gott, sondern für ihn entschieden hätte, ohne zu zögern.

„Oh, Seán, mein Liebster", sagte ich.

Er jedoch antwortete:

„Ehrwürdige, es ist zu spät, wir können es nicht mehr ändern."

Ich sagte ihm, dass ich ihn immer geliebt hätte, vom ersten Augenblick und ich ihn jetzt mehr denn je liebe. Ob er mich denn gar nicht mehr liebe, dann würde ich mich fügen.

„Ich? Dich nicht lieben? Als ich dich erkannte, loderte meine Liebe heftiger als zuvor. Entschuldigen Sie, Ehrwürdige, ich darf es nicht, wir dürfen nicht, gerade weil ich dich ..., Sie, liebe, dürfen wir nicht, es geht um Ihr Seelenheil. Sie erwartet die ewige Verdammnis, wenn wir unserer Schwäche nachgeben. Sie sind dem Herrn geweiht, und das dürfen wir nicht brechen. Wenn es nur um mein eigenes Seelenheil ginge, ich würde es aufgeben, um sie lieben zu dürfen, aber Ihres dürfen wir nicht riskieren. Ich wäre verruchter als Ihr Vater, würde ich Ihre ewige Verdammnis in Kauf nehmen, Verzeihung, Ehrwürdige, ich muss meine Liebe einkerkern, ihr Ketten anlegen, so stark, dass sie sich nie wieder befreien kann. Das ist der einzige Liebesdienst, den ich Ihnen noch erweisen kann. Sie kann ich nur noch bitten, nicht zu Ihrem Vater zu gehen, seine Rechnung darf nicht aufgehen. Geben Sie Ihr Leben dem, dem sie es geweiht haben, unserem Herrn.“

Mein Mut sank ins Bodenlose, sollte

wirklich alles vorbei sein?

„Oh Seán, das kann doch von unserem
Herrn, Jesus Christus, so nicht gewollt
sein. Was ist ihm an einem Menschen
gelegen, den er durch Betrug bekommen
hat. Hat er uns nicht selbst
zusammengeführt, heute Abend, hier im
Sturm. Tausende andere hätte er senden
können, aber er sandte dich, seine Fügung
führte uns zusammen."

„Ich fürchte, du irrst, meine geliebte
Maria, ich glaube der Satan führt uns in
Versuchung und wir müssen dieser
widerstehen. Er flüstert dir ins Ohr, es sei
die Fügung des Herrn, in Wirklichkeit ist
es aber seine eigene."

Ich erwiderte, dass wir den Herrn nicht
unterschätzen dürften. Wir machten ihn zu
einem selbstsüchtigen und eifersüchtigen
Mann, der von uns quälende Opfer
abverlangt, warum sollte er dieses tun?
Der Herr selbst hat Liebe und Vergebung
gegeben. Man kann nicht ernsthaft
glauben, der Herr hätte dies getan, um uns
Liebe und Vergebung nachträglich zu
entziehen. Soll dieser wunderbare
großherzige Christus auf der anderen Seite
der kleinmütige und bösartige Mann sein,

der uns den Satan schickt, um uns ausgerechnet mit unserer Liebe in Versuchung zu führen? Das könne und wolle ich nicht glauben. Er selbst habe den Menschen die Liebe gebracht. Ich war nun vollends überzeugt, von dem, was ich sagte. Ich musste blind gewesen sein in all den Jahren, als ich glaubte, Gott mein Leben zu weihen. Ich war blind, denn ich verschloss meine Augen, um die Wirklichkeit nicht zu sehen. Ich habe meinen Herrn klein und hässlich gemacht, in dem ich mich ihm aufgezwungen und nach außen verkündet habe, er habe es so gewollt. Weil Seán mich verschmähte, wie ich glaubte, hatte ich mich dem Herrn geweiht. Für ihn sollte das gut genug sein, was ein anderer nicht wollte? Das ist meine eigentliche Schuld, die ich gegenüber unserem Herrn gut zu machen habe? Er wird mir vergeben, vielleicht hat er es längst getan. Ich war ein törichtes Mädchen, dem jetzt erst die Augen aufgingen. Ich liebe diesen Mann neben mir und unser Herr gab mir diese Liebe, nun erwartet er von mir, dass ich sein großmütiges Geschenk annehme. Ich musste Seán überzeugen, dass er mein

Seelenheil nicht aufs Spiel setzt, wenn er mich liebt, ich war jetzt fest entschlossen. Der Sturm war noch heftiger geworden und die Pferde schnaubten vor Anstrengung. Es waren bei diesem Wetter vielleicht noch gute zwei Stunden bis Moate und so sagte ich dem geliebten Mann neben mir, dass es vielleicht gut wäre, wenn die Pferde und wir selbst eine Weile im Windschatten jener Hütte verschnaufen würden, die gerade vor uns auftauchte. Tatsächlich wollte ich mich aber meiner Ordenskleider entledigen. Ich trug in meinem Bündel noch meine Privatkleider, die ich auf der Hinfahrt nach Baile Átha Cliath getragen hatte, meine Statur hatte sich seither nicht wesentlich verändert. Die Ordenskleider standen mir nun nicht mehr zu. Die Pferde nahmen die Verschnaufpause dankend an und unter dem Vorwand, etwas erledigen zu müssen, entschuldigte ich mich für einen Moment bei Seán. Als ich nach einer Weile zurückkehrte und der Schein der Lampe auf mich fiel, vernahm ich nur ein verwirrtes: „Aber!", dann legte ich den Finger an meinen Mund und deutete damit an, dass ich ihm etwas mitzuteilen hätte.

Ich verkündete ihm, dass ich noch in
dieser Nacht seine Frau werden wolle.
Wenn er meine, es ginge um mein
Seelenheil und er mich deshalb
verschmähe, so würde ich nicht unserem
Herrn meinen verschmähten Leib
darreichen. Vielmehr würde ich ihn einem
anderen geben, einem Geringeren als ihm,
ohne Liebe. Ich sagte Seán, er würde mein
Seelenheil eher riskieren, wenn er mich in
die Arme eines Mannes treibt, den ich
nicht liebe. Wenn er mich nicht wolle,
bekomme mich ein anderer. Ich war
überzeugt, dass der Herr mir diese kleine
List verzieh, denn ich verhalf der Liebe,
die er uns geschenkt hatte, zu ihrem Recht.
Leise und unsicher, wie ein schüchterner
Junge, antwortete Seán, dass mich auf
keinen Fall ein anderer bekommen solle,
seine Widerstandskraft sei eh dahin. Ich
würde unseren Herrn besser kennen als er,
aber ob es nicht besser wäre, wenn ich erst
vor Gott seine Frau würde.
„Ich werde deine Frau vor Gott, heute
Abend. Nur den Segen der Kirche können
wir nicht erwarten, aber der ist
entbehrlich. Wir geben unser Versprechen
vor Gott und er wird uns segnen, für mich

gibt es keinen Zweifel. Er hat uns in dieser Nacht zusammengeführt, damit wir unseren Irrweg verlassen. Warum sonst hat er all die Jahre den Zweifel in meiner Brust erhalten. Ich habe versucht, gegen ihn anzukämpfen, doch er ließ sich nicht vertreiben. All meine Gebete haben ihn nur stärker werden lassen. Ich sage dir, und hierin fühle ich nicht den geringsten Zweifel, unser Herr selbst segnet unsere Liebe.“

Seán hatte mir mit großen Augen zugehört. Ich hatte im Schein der Lampe sein Gesicht beobachtet, deutlich sah ich den Zweifel aus seinem Antlitz weichen. Endlich nahm er mich in seine Arme, hielt mich fest und ich spürte seine Liebe auf mich überfließen und auch meine sprengte den Deich, der sie so lange eingedämmt hatte.

Nachdem wir uns so, eine kleine Ewigkeit lang, in unserem Glück verschlungen umarmten, vernahm ich seine gedämpfte, aber von allen Zweifeln befreite Stimme. Wir würden in etwa zwei Stunden in Moate sein. Es gebe ein kleines Gasthaus dort, dessen Wirt er sehr gut kenne. Er würde uns eine Kammer überlassen und es

würde ihn wenig stören, wenn wir keine
Eheleute im Sinne der Kirche sind. Er und
seine Frau sind brave und gottesfürchtige
Leute, mit den Priestern aber ständen sie
nicht so gut. Wir würden unter ihrem
Zeugnis unseren Eheschwur leisten und
ein Glas mit ihnen trinken. Dann würden
wir Mann und Frau, noch heute Nacht, für
immer und auf ewig, das versprach er mir.
Auch ich versprach es, und damit waren
wir verlobt.

Die Feierlichkeit dieses Augenblicks hatte
uns den Sturm vergessen lassen, der nun
mit erhöhter Heftigkeit an unserem Wagen
zerrte, obwohl wir hinter der Hauswand
einigermaßen geschützt waren. Die Pferde
schnaubten nervös in ihrem Geschirr.
Dann flaute der Sturm wieder etwas ab. Es
schien nur eine besonders bösartige Bö
gewesen zu sein, vielleicht der Teufel, der
wegen seiner Niederlage herumwütete.
Seán meinte, dass es besser wäre, unseren
Weg nun fortzusetzen, die Pferde hätten
etwas ausgeruht, jetzt würden sie
zunehmend unruhig. Wenig später mühten
sie sich wieder gegen den Wind. Ich lehnte
nun eng umschlungen an meinem
Geliebten, eine große dicke Decke

schützte uns vor dem peitschenden Regen.
Sturm und Nässe störten nicht, ich fühlte
mich wohl und glücklich, wie seit Jahren
nicht mehr. Es war, als ob die Liebe einen
undurchdringbaren Schutzwall um uns
errichtet hätte. Schnell wie der Wind
verwehte die Zeit und bald erreichten wir
die Ortsgrenze von Moate. Der Wagen
holperte über die mit Steinen befestigte
Straße und schon bald lenkte Seán das
Gespann auf ein Haus zu, aus dem noch
Licht flackerte. Vor einem Tor brachte er
es zum Stehen und bat mich, einen
Augenblick zu warten. Durch eine Tür
verschwand er ins Haus, kam aber schon
nach wenigen Minuten mit einem
verschlafen wirkenden jungen Mann
zurück. Er stellte ihn mir als Torin vor, der
sich um unser Gespann kümmern würde.
Zum Glück mussten wir ihn nicht aus
seinem Bett holen. In seinem Arm gestützt
führte Seán mich ins Haus, durch einen
dunklen Raum in einen hinteren, der vom
flackernden Schein eines Kaminfeuers
erhellt war. An einem großen Holztisch
saß ein beleibter, gutmütig aussehender
Mann, er mochte etwa Dreißig bis Vierzig
sein, mit einer etwa dreißigjährigen Frau.

Sie war eine derbe Schönheit und ich
vermutete richtig, der Wirt mit seiner
Frau. Sie forderten uns freundlich auf, uns
zu ihnen zu gesellen. Es fiel mir nicht
schwer, sie mit einem lachenden Nicken
zu begrüßen. Seán hatte ihnen zuvor
bereits in kurzen Worten unser Anliegen
geschildert und sie versicherten ihm, dass
sie sehr gerne unsere Trauzeugen wären.
Das bekräftigte der Wirt nun offiziell mit
einem so warmen Lächeln, dass ich ihn am
liebsten in den Arm genommen hätte.
Aber zunächst müssten wir uns
aufwärmen und stärken. Die Küche wäre
zwar kalt, aber Brot, Käse, Schinken und
Kuchen würde noch hinreichend verfügbar
sein. Seine Frau hatte sich mittlerweile
erhoben und schenkte uns aus einem
großen Kruge, der im Kaminfeuer gelegen
hatte, eine dampfende Flüssigkeit in
tönerne Becher, die sie vor uns auf den
Tisch stellte. Ihre eigenen waren noch
gefüllt. Seine Frau verschwand alsdann in
einen Nebenraum, während der Wirt
seinen Becher in die Hand nahm und
Sláinte dem jungen Paar wünschte. Wir
nahmen den heißen Becher in unsere
Hände und als ich meine Nase in den

Dampf senkte, warnte mich mein Inneres,
nur behutsam einen Schluck zu nehmen.
Scharf rann mir etwas heiß, unbekannt und
gleichzeitig süß in den Mund. Ich sah, wie
Seán und der Wirt weniger zimperlich in
großen Schlucken tranken. Ihren
Gesichtern konnte ich entnehmen, dass
ihnen das Getränk gut schmeckte, ich aber
kämpfte gegen einen aufkeimenden
Husten. Dann gelangte das Gebräu auch in
meinen Bauch, und dort verspürte ich ein
Gefühl, das mir den zufriedenen
Gesichtsausdruck dieser beiden erklärte.
Unverzüglich schlürfte ich eine zweite,
größere Portion in den Mund und ließ ihn
sich in meinem Bauch ergießen und
Wohlsein verbreiten. Die Kälte und
Ungemütlichkeit des Wetters hatten sich
in Wärme und Wohlbehagen aufgelöst.
Als ich den Becher geleert hatte, war das
Gespenst meines Vaters von mir gewichen
und hatte sich vollends aufgelöst, ich
fühlte nur noch die reine Liebe zu meinem
Liebsten. Der Wirt hatte nachgeschenkt,
als seine Frau eine große Platte mit
Köstlichkeiten auf den Tisch schob. Erst
jetzt wurde mir bewusst, dass meine letzte
Mahlzeit zwanzig Stunden zurückliegen

müsse, so dass ich nicht zwei Mal aufgefordert werden musste, meinen Hunger zu stillen. Es mochten einige Stunden vergangen sein, und der Wirt und seine Frau kannten unsere Geschichte, beinahe so gut wie ich selbst. Aufmerksam haben sie uns zugehört und unsere Erzählung nicht unterbrochen, abgesehen von gelegentlichen ehrlichen Entrüstungen und wenig schmeichelhaften Ausdrücken gegen meinen Vater und die Geistlichen im Allgemeinen. Nach einer kurzen Pause der Nachdenklichkeit räusperte sich der Wirt behutsam und sagte dann, dass Gott uns zweifelsfrei füreinander bestimmt habe und wir sollten unser Gelübde hier und jetzt vor ihnen ablegen, seine Frau und er seien unsere Zeugen. Ehrfürchtig erhob er seinen Wanst aus dem hölzernen Stuhl und zog seine Frau am Arm in den zuvor genannten Nebenraum. Nicht lange, und sie trugen ein Kruzifix und ein paar Kerzen herein, die sie feierlich auf dem Tisch anordneten, die Kerzen wurden angezündet. Dann sagte der Wirt, dass die Feierlichkeiten begännen. Die kleine Gemeinde erhob sich und faltete die Hände. Der Wirt und seine Frau bekreuzigten sich, und wir taten es ihm gleich. Dann sprachen wir gemeinsam und feierlich das Vaterunser, das wir mit dem Kreuzzeichen beendeten. Sie blickten mit gefalteten Händen zu uns herüber. Ich wusste, dass alles Weitere nun bei uns lag. Ich musste den Anfang machen, da ich mich von einer unrechtmäßigen Verbindung loszusagen hatte. In einem Koffer hatte ich mein Nonnengewand mit in den dunkelrot flackernden Raum genommen. Feierlich nahm ich den Koffer, legte ihn vor mir auf den Tisch und öffnete ihn. Ich entnahm das Gewand und hielt es hoch, so dass es, wie ein scheues Gespenst, im Kerzenschein flackerte.

Leise und andächtig, jedoch mit fester sicherer Stimme sagte ich:

„Herr Jesus Christus. Als törichtes, unwissendes Mädchen habe ich mich dir geweiht. Ich tat es einerseits aus Liebe und Gehorsam zu meinem Vater, andererseits aber auch aus Enttäuschung über eine vermeintlich verschmähte Liebe zu einem Mann. Beides ist deiner nicht würdig und hätte ich nur mehr Verstand gehabt, würde ich dir dieses niemals zugemutet haben.

Du aber in deiner unendlichen Weisheit
und Güte hast den Zweifel in meinem
Herzen niemals erlöschen lassen, hast mir
den Verstand gegeben, meinen Irrtum zu
durchschauen und mir zuletzt noch den
gesandt, den ich hier auf Erden am
meisten liebe. Ich bitte dich um
Verzeihung dafür, dass ich mir angemaßt
habe, dir eine würdige Braut zu sein. Ich
bin überzeugt, dass selbst bessere Frauen
als ich nicht würdig sein können. Bevor
wir dich bitten, meine Verbindung mit
meinem Partner zu segnen, dem ich eine
würdige Braut sein kann, verbrenne ich
das Brautkleid, das ich niemals hätte
tragen dürfen. Du allein kannst in mein
Herz schauen und weißt, dass ich meinen
Irrtum aufrichtig bedauere."
Mit diesen Worten ergriff ich das
Nonnengewand und warf es in das
Kaminfeuer. Es verbrannte völlig
unspektakulär.
Ich war überzeugt, dass ich nun von
meinem törichten Frevel befreit war und
Gott um die Gnade bitten konnte, meine
Verbindung zu Seán zu segnen.
Mit gesenkten Köpfen, betroffenen
Gesichtern und gefalteten Händen sagte

die kleine Gemeinde „Amen".

Wir leisteten nun vor Gott den Schwur der ewigen Liebe und Treue und besiegelten dieses mit dem Kreuzzeichen und einem abschließenden Amen.

Seán und ich waren nun Mann und Frau, von Gott gespendet und gesegnet. Was Gott verbunden, soll der Mensch nicht trennen.

Der Wirt führte uns in die Hochzeitskammer und wir vollendeten die Verbindung, die von Gott gegeben wurde, noch bevor wir uns selbst dessen bewusst waren.

Die Nacht war voller Liebe und Leidenschaft, nichts gab es, was ich bereuen müsste, alles war gut und rein vor Gott.

Doch sollte diese Nacht das einzige Glück bleiben, das mir in meinem Leben vergönnt war. Ich schwöre bei meiner Seele, dass mit all dem, was dann folgte, abgesehen von unserem Kind, Gott nicht das Geringste zu tun hatte.

(1926)

Der Erzähler machte eine Pause; seine Mine war finster.

„Hier endet die Erzählung Marias. Alles

weitere erzählte mir mein Großvater, der es
von seinem wusste und es geht zurück bis zu
meinem Ahnen Conchobhar. Was er nicht
persönlich miterlebt hat, hatte Maria ihm
anvertraut.

### Erzählung des Ahnen Conchobhar McClannard

(1505)
Conchobhar McClannard wurde selbst
aktiv in das Geschehen hineingezogen, so
tief, dass er Zeit seines Lebens nicht mehr
glücklich werden sollte. Ich gebe hier
Zeugnis über das, was Menschen anderen
Menschen antun können.
Der Bursche, der die Pferde versorgt und
den Wagen Seáns untergestellt hatte, war
ein neugieriger und schwatzhafter Geselle.
Er hatte in jener Nacht das in seinen
Augen sündhafte Treiben belauscht. Als er
am Morgen danach früh für Besorgungen
ausgesandt wurde, lagen Maria und Seán
noch in ihrer Kammer. Dem Erstbesten
erzählte er von einem Teufelsbündnis, das
im Hause seines Brotgebers geschlossen
wurde und bei dem eine Ordensfrau ihr
Gewand dem Satan im Feuer geopfert
hatte.

Da er die Namen der Sünder nennen
konnte, wurden der Vater Marias, Nuada
O'Malaghlin, und der Seáns, Pádraigh
McLough vom Priester persönlich
alarmiert. Wenig später waren die
Gefolgsleute O'Malaghlins und
McLoughts auf den Beinen. Nuada
O'Malaghlin und Pádraigh McLough
kamen schnell überein, dass der Wirt und
seine Frau, die schon seit längerem im
Verdacht standen, mit dem Teufel
verbündet zu sein, die schändlichen
Verführer seien. Da stimmte der Priester
zu und sagte, es müsse festgestellt werden,
ob die armen Kinder noch aus den Klauen
des Satans gerettet werden können. Er
sicherte eine wohlwollende Beurteilung
und Fürsprache zu, da es ihm daran
gelegen sei, diese Teufelsdiener zu
überführen und mit Gottes Hilfe deren
arme Opfer vor der ewigen Verdammnis
zu bewahren.
Die Clanchefs und ihr Gefolge, der
wohlwollende Priester und wenige
Dutzend entrüsteter ‚gerechter' Christen
zogen am Morgen gegen das Gasthaus des
Wirtpaares. Vor dem verruchten Hause
angekommen, bekreuzigte sich der

Priester und sandte ein Strafgebet gegen dieses Höllenportal. Dann schlug er mit seinem Hirtenstab gegen die Tür des Hauses und forderte lauthals sämtliche Bewohner auf, dieses verruchte Haus zu verlassen. Als der Wirt seinen Kopf durch die Tür steckte, zerrten O'Malaghlins Leute ihn heraus. Sofort stürzten sich einige der ‚Gerechten' auf den teuflischen Wirt. Doch der Priester stellte sich schützend vor ihn, beide Hände in die Luft gespreizt, in der Rechten den Hirtenstab. „Halt", rief er, „das ist ein Fall für die Heilige Inquisition, nur diese kann die Ordnung wieder herstellen."  Man muss dazu sagen, dass die Inquisition in Irland praktisch gar nicht aktiv war, aber lokal gab es immer mal ein paar eifrige Verfechter, die diese forderten.

Die Frau des Wirts wurde ebenfalls unter Obhut gestellt, ebenso wie zwei Mägde und ein Knecht.

Um Maria wollte sich Nuada O'Malaghlin selbst kümmern, doch sie und Seán waren von dem allgemeinen Aufruhr längst aufgewacht. Als sie durch die Tür traten, hielten sie sich fest umschlungen.

Als die Gläubigen dieses Bündnis des

Satans so leibhaftig vor sich sahen,
begannen sie laut zu schreien. Alle
wussten sie, dass Maria die Ordenskleider
verbrannt hatte, als diese Verbindung
geschlossen wurde. Es gab keinen
Zweifel: Es war eine Verbindung des
Teufels. Einer der Christen, dem das alles
unerträglich wurde, hatte einen Stein
aufgenommen und schleuderte ihn auf das
Paar. Er traf Maria an der Stirn, so dass
Blut hervorquoll. Mit einem zischenden
Befehl sandte Nuada O'Malaghlin ein paar
Schergen gegen den Steinwerfer, der mit
langen Stäben geprügelt wurde, bis er am
Boden lag und sich nicht mehr regte. Dies
alles kam so überraschend, dass der
Priester es nicht verhindern konnte. Beide
Arme gehoben, den Hirtenstab gegen den
Himmel gerichtet, rief er:
„Haltet ein, es ist die Sache der heiligen
Inquisition. Das verirrte Paar steht unter
dem Schutz der Heiligen Mutter Kirche.
Niemand außer der Heiligen Inquisition
darf sie richten, wenn ihre Schuld
nachgewiesen würde. Ewige Verdammnis
denjenigen, die dem Urteil der Heiligen
Kirche vorgreifen."
Die Entrüsteten beruhigten sich, man weiß

nicht, ob aus Angst vor der Ewigen
Verdammnis oder den Knüppeln der
O'Malaghlin Schergen. Die blutende
Maria und der sie fest umklammernde
Seán wurden brutal von den Ihrigen
auseinandergerissen. Niemand sollte den
anderen je wiedersehen."
(1926)
Der Erzähler hielt einen Moment inne, nahm
einen kräftigen Schluck und zündete sich eine
Pfeife an, er hätte fast das Rauchen
vergessen. Genüsslich zog er den duftenden
Rauch ein und setzt dann seine Erzählung
fort.
„Es ist nicht bekannt, was aus dem Wirt,
seiner Frau und ihren Bediensteten geworden
war, ob sie einer Art heiligen Inquisition
übereignet wurden. Maria und Seán konnten
durch die Fürsprache des Priesters davor
bewahrt werden, nachdem sich beide Väter
für Maria und Seán bereit erklärt hatten, die
vom Satan verwirrten durch ihn exorzieren zu
lassen. Er verlangte allerdings, dass Maria
anschließend in ihren Orden zurückkehren
und dort ihr Leben verbringen müsse. Er war
überzeugt, dass sie auf diese Weise der
Ewigen Verdammnis entgehen könne.
Über das Schicksal Seáns ist nichts

überliefert worden und auch mein Ahn hatte
nichts mehr von ihm gehört. Über Marias
Schicksal gibt es verschiedene Quellen mit
unterschiedlichen Darstellungen. Ich glaube
aber an die Authentizität der Version meines
seligen Ahn Conchobhar McClannard.
(1505)
Die Tage nach dem Sturm auf das
Gasthaus waren für Maria die Hölle. Ihr
Vater wies ihr präjudizierend die
Verantwortung zu, wenn der Clan der
O'Malaghlins zugrunde gehe. Mein Ahn
kannte seinen Clanherrn gut genug um zu
wissen, dass dieser selbst nicht an die
Existenz eines Gottes glaubte und Marias
Vergehen war für ihn kein Werk des
Teufels, sondern er fasste es als einen
Affront seiner Tochter gegen sich selbst
auf. Sie habe den Clan verraten und ihn
betrogen. Er spielte nur beim Theater des
Priesters mit, soweit es ihm nützlich war.
Diesem Nichtsnutz, dem jungen
McLough, würde er am liebsten selbst den
Kopf abschlagen, aber eine Fehde mit dem
Clan der McLoughs war das letzte, was er
im Augenblick gebrauchen konnte. Die
Stimmung im Hause der O'Malaghlins
war bis zum Äußersten gereizt. Die

täglichen Besuche des Priesters trugen nicht zur Verbesserung der Atmosphäre bei, er schien die Exorzierung nicht erwarten zu können. Maria erkrankte in ihrem Kummer, traute sich aber nicht, sich zu beklagen. Leidend und fiebrig lag sie in ihrer Kammer und Nuada O'Malaghlin hatte Mühe, den Priester zu überzeugen, dass die Krankheit Marias natürlicher Ursache sei und kein Werk des Satans. Mit der Exorzierung müsse man solange warten, bis sie genesen sei. Doch dieser Zustand zog sich lange hin und der Priester musste sich gedulden, was ihm äußerst schwerfiel. Doch eines Tages verschlechterte sich Marias Zustand, so dass man um ihr Leben fürchten musste. Jetzt ließ sich der Priester nicht mehr abweisen und er bestand darauf, die Exorzierung bald vorzunehmen, weil er im Falle des Äußersten ohne diese die Heiligen Sterbesakramente nicht erteilen dürfe und für Maria die ewige Verdammnis gewiss sei.

Nuada O'Malaghlin konnte es sich nicht leisten, bei der Kirche in Ungnade zu fallen und so musste er wohl oder übel zustimmen. Der Priester bestand darauf,

dass die Exorzierung noch in der gleichen
Nacht vorgenommen werden müsse, denn
es bestand die Möglichkeit, dass Maria
den nächsten Morgen nicht mehr erleben
würde. Er wies an, Maria im Festsaal
aufzubahren, im Zentrum eines durch
Fackeln definierten Pentagramms, wobei
der Kopf auf die Spitze zeigen sollte. Es
sei damit gewährleistet, dass der Teufel,
hatte er das Pentagramm einmal verlassen,
nicht mehr in Marias Körper
zurückkonnte, denn es sei ja bekannt, dass
es ihm nicht gestattet sei, ohne
Genehmigung in das Pentagramm
einzutreten. Es sollten nur vier Personen
anwesend sein: Er selbst, O'Malaghlin,
mein Ahn Conchobhar McClannard und
die Besessene selbst. Jeder müsse sich mit
einem Kruzifix bewaffnen, er werde das
große Kreuz aus der Kirche und geweihtes
Wasser mitbringen. Er hoffe nur, dass es
noch zur rechten Zeit sei, aber im Lichte
des Tages sei eine Exorzierung nun einmal
nicht möglich, er werde beten.
Der Teufel entwand Maria nicht vorzeitig
und als der Priester nach Einbruch der
Dunkelheit das Haus betrat, war alles
vorbereitet, wie er es angewiesen hatte.

Der Festsaal hatte fünf Zugänge, von denen der Satan aber keinen benutzen sollte. Eigenhändig ordnete der Priester auf den Türschwellen jeweils fünf geweihte Kerzen als Pentagramm an, die Spitzen wiesen in das Innere des Saales. In die Zentren stellte er Schälchen mit geweihtem Wasser. Als Pforte für den Teufel war der große offene Kamin im Festsaal vorgesehen, da er sich vom Feuer angezogen fühlt. Ein gewaltiges Feuer wurde darin entzündet. Hatte er das Haus einmal verlassen, würde er es nicht mehr betreten dürfen.

Das große Kirchenkreuz wurde an das Fußende Marias in das Pentagramm gestellt. Der Priester prüfte noch einmal alles mit kritischen Augen, dann brummte er zufrieden. Er ließ sich noch einen Schemel zur Rechten der vom Fieber geschwächten Maria stellen. Den Anwesenden gebot er, sich hinter das große Kreuz zu setzen, außerhalb des Pentagramms. Er wies sie an, die Kruzifixe fest mit beiden Händen vor ihre Brust zu halten und was immer auch passieren würde, es ja nicht loszulassen. Mein Ahn Conchobhar berichtete noch, dass ihm sehr bang zumute war. Ginge es nicht um das Seelenheil seiner geliebten Maria, er hätte weiß Gott die Veranstaltung verlassen, auch wenn es seine Stellung gekostet hätte. Im Gesicht seines Herrn konnte er nur Zynismus erkennen, obwohl auch dieser buchstabengetreu die Anweisungen des Priesters ausführte. Dieser eröffnete die Zeremonie, in dem er geweihtes Wasser über Maria verspritzte und in Latein das Vaterunser betete, dann sagte er Worte in einer Sprache, die Conchobhar nicht kannte. Er berichtete aber, dass die Atmosphäre zum Zerreißen gespannt war. Da öffnete Maria plötzlich die Augen und schrie laut auf.

„Das ist der Satan", rief der Priester erregt und sprühte hastig große Mengen geweihtes Wasser über Maria, worauf der Satan noch heftiger reagierte.

Der Priester murmelte betroffen Worte in Conchobhars nicht bekannter Sprache und ließ derweil einen Rosenkranz durch seine Finger rotieren. Irr blickte der Teufel den Priester durch Marias Augen an und es schien, als ob der Priester schwach würde.

„Wir müssen ihn ausbrennen", rief er. Er

befahl ihrem Vater, ihren Körper freizulegen, damit er das Ritual vollziehen könne. Conchobhar bemerkte das Gesicht Nuada O'Malaghlins von Zynismus zu Ratlosigkeit, Verlegenheit und anschließend zu Scham wechseln. Er fragte den Prieser, ob das nicht zu weit ginge.

„Schweig du Narr", erregte sich der Priester, „tue, was ich dir aufgetragen habe."

Von diesen Worten getroffen, wandte er sich, um des Verhältnisses zur Kirche willens, widerstandslos seiner Tochter zu. Nur kurz zögerte er, dann öffnete er Marias Nachtkleid.

Mit Schrecken starrte der Priester auf Marias Leib, auch der Vater schien die Fassung zu verlieren. Mein Ahn erkannte, was die Männer dermaßen erregte, Maria trug ohne Zweifel ein Kind.

„Es ist schlimmer, als ich dachte", sagte der Priester, „meine Macht ist hier zu Ende. Nur die heilige Inquisition kann sie noch retten. Sie trägt die Frucht des Teufels in sich, und die kann ich nicht exorzieren. Sie muss der Inquisition übergeben werden."

Nuada O'Malaghlin erkannte seine
Chance und übernahm wieder die Regie.
„Ich glaube nicht, dass dies nötig ist,
Hochwürden. Sie selbst sagten, dass Maria
kein Fall für die Inquisition sei. Sie
könnten selbst Schwierigkeiten
bekommen, wenn die Heilige Inquisition
davon erfahren würde. Sie wissen, dass ich
selbst Möglichkeiten habe. Ich werde mich
um dieses Satansbalg kümmern. Ich
rechne aber mit ihrer Hilfe, wenn es dann
wieder um das Seelenheil meiner Tochter
geht. Ich werde sie rufen lassen und alles
wird vorbereitet sein, wie heute Abend,
der Teufel ist dann wieder ihre
Angelegenheit, den kann ich nicht
übernehmen."
„Du hast recht, mein Sohn", antwortete
der Priester unsicher, „die Inquisition ist
…, ist immer so gründlich."
„Das meine ich", erwiderte Nuada
O'Malaghlin triumphierend, „die haben
auch so noch genug zu tun, es ist gut,
wenn wir ihnen etwas abnehmen können."
„Meine Herren", sagte der Priester, als er
das Pentagramm verließ, „ich erwarte
ihren Ruf. Ich nehme nur das große
Kirchenkreuz mit, das andere brauchen

wir sicher sehr bald wieder."
Er verabschiedete sich hastig und verließ
das Haus.
Der Vater befahl meinem Ahnen, Maria in
ihre Kammer zu bringen, er schien wütend
zu sein, sagte aber weiter nichts. Als mein
Ahn Conchobhar Maria fragte, was
vorgefallen sei, begann das Mädchen zu
weinen und zu lachen. Conchobhar war
sehr verwirrt, dann sagte Maria, dass sie
glücklich sei über das erwartete Kind, ein
Kind der Liebe.
An dieser Stelle erzählte sie ihm die
Geschichte, die wir oben bereits aus ihrem
Munde vernommen haben.
„Es ist nicht die Frucht des Satans?",
fragte er vorsichtig.
„Mein lieber, lieber Conchobhar, es ist ein
Kind der Liebe, aus einer gesegneten
Verbindung vor Gott."
Marias Krankheit schien wie weggeblasen,
und tatsächlich, ihre Gedanken kreisten
nur noch darum, wie sie ihr Kind retten
könne, und Conchobhar würde ihr dabei
helfen, das war sicher.
„Es wird sehr, sehr schwer werden, ich
glaube dir, weil ich dich besser kenne als
sonst jemand. Du bist klug, und so, wie du

über unseren Herrn gesprochen hast, habe ich es noch nie gehört. Aber es erscheint mir richtig, es hört sich richtig an, es fühlt sich richtig an. Um Gottes Willen, mein Kind, wir müssen einen Weg finden."
Es gab keinen Weg!
Maria blühte auf. Von ihrer Krankheit schien sie genesen zu sein. Sie war glücklich über ihr Kind, und Glück schließt Krankheit aus.
Dann kam eine Frau zu ihr und sagte:
„Wir kriegen das hin."
Diese Frau kam wieder und sagte:
„Wir müssen es uns ansehen."
Sie drückte Maria auf den Bauch und machte noch andere Sachen, die Maria weder verstand noch mochte.
„Wir kriegen das hin", sagte die Frau wieder und verschwand.
Mein Ahn, Conchobhar, war skeptisch, wusste aber nichts Genaues. Dann schickte Nuada O'Malaghlin ihn für eine Besorgung nach Galway. Meinem Ahnen gefiel das gar nicht, er wollte Maria nicht allein lassen, doch er musste gehorchen.
Die Frau kam wenige Tage später zu Maria, löste in einem Becher Flüssigkeit aus einer Phiole in Wasser auf und gab ihn

ihr. Maria zögerte, doch die Alte beschwichtigte:

„Es wird Ihnen guttun, Sie brauchen sich keine Sorgen zu machen. Sie werden anschließend etwas schlafen, dann wird alles gut sein, trinken Sie, Ihr Vater hat es angeordnet."

„Ich werde davon nur schlafen?"

„Es ist wunderbares Schlafelixier, danach wird alles gut sein."

Maria fügte sich. Sie erzählte, dass es ihr nach der Einnahme sonderbar gewesen sei. Als sie aufwachte, war irgendetwas verändert. Sie fühlte fürchterliche Schmerzen im Unterleib, das war es aber nicht, was sie störte. Es fehlte etwas, das spürte sie genau. Sie wusste noch nicht, was fehlte, es erfasste sie aber eine Art von Panik, wie sie von einer ungewissen Gefahr ausgeht. Übermächtigt von einem unbändigen Gefühl begann sie zu schreien. Dann erschien Conchobhar in ihrem Zimmer, totenblass und verwirrt.

„Es ist etwas geschehen mit mir", rief sie ängstlich, „ich weiß nicht was, aber es ist furchtbar!"

Conchobhar begann zu weinen, obwohl es sich in jenen Zeiten für einen Mann nicht

ziemte, heftig schüttelte er sich vor Gram.
Maria vergaß für einen Augenblick ihr
eigenes Leid, als sie ihren Freund so
verzweifelt sah.

„Was hat man dir angetan?", fragte Maria
voller Mitgefühl.

„Mir?! Dir hat man es angetan, und ich
habe dich im Stich gelassen. Ich hätte es
wissen müssen, ich hätte mich weigern
müssen zu gehen. Man sandte mich von
dir fort, um eine dumme Besorgung zu
machen. Loswerden wollten man mich,
damit ich dieser Schandtat nicht im Wege
stehe. Ich habe kleinlich um meine
Stellung gebangt. Nichts haben sie mir
gesagt, aber, ich hätte es wissen müssen.
Das kannst du mir nicht verzeihen, das
kann ich mir nicht verzeihen. Ich hätte
niemals gehen dürfen."

„Was haben sie dir nicht gesagt?" Panik
erfasste sie, sie ahnte, was passiert war, sie
wollte es aber nicht wahrhaben, es war zu
grausam.

„Ich habe dich verlassen, mein Kind,
vielleicht kann Gott mir vergeben, aber
kein Mensch, ich kann mir selbst nicht
vergeben."

„Was?", rief Maria, „was ist geschehen?"

Indem sie es sagte, wurde es ihr bewusst,
war es schon die ganze Zeit. Sie wollte es
nicht wahrhaben, es leugnen, als ob dies es
ungeschehen machen würde.
„Was ist mit mir geschehen? Ich spüre
mein Kind nicht mehr."
Mit beiden Händen verkrallte sie sich in
Conchobhars Rockaufschlägen.
„Sage, dass es nicht wahr ist!"
Resignierend flüsterte Conchobhar:
„Es ist wahr, es ist die verdammte,
grausame Wahrheit, ich habe es nicht verhindert."
Maria ließ Conchobhar los, sie vernahm
kaum noch, was er sagte. Von ihr wurde er
nicht mehr freigesprochen. Kraftlos sank
ihr Körper in die Kissen. Leer starrten ihre
Augen gegen die Decke.
(1926 im Gasthaus)
Der Erzähler lehnte sich zurück und machte
eine Pause, in der er mehrere kräftige Züge
aus seiner Pfeife nahm, dann fuhr er fort:

## Der Fluch

(1505)

Man fand Marias toten Körper im Shannon, niemand weiß, wie sie dort hingekommen war, der Fluss fließt viele Meilen von Moate entfernt.

Sich selbst zu töten war eine Todsünde. Es gab viele Stimmen, denn das Ereignis hat damals großes Aufsehen erregt. Es wurde eine öffentliche Untersuchung von der Gerichtsbarkeit in Athlon anberaumt. Die Kirche hatte ihre eigene Untersuchung. Obwohl Nuada O'Malaghlin dem am liebsten ein Ende gesetzt hätte, konnte er trotz all seines Einflusses den Aufruhr nicht verhindern. Für die Offiziellen war der Fall bald beendet, ein Fall der Selbsttötung war für sie nicht weiter von Interesse. Marias Körper wurde schon bald nach Moate ihrem Vater überstellt. Er wurde noch am gleichen Tag unterrichtet, dass ihr Körper nicht auf geweihtem Boden beigesetzt werden dürfe. Der Priester verlangte – er war damit nicht alleine – ihre Überreste müssten verbrannt werden, weil sie eine Gefahr für die gottesfürchtigen Menschen darstellen.

Nuada O'Malaghlin weigerte sich, die Leiche seiner geliebten Tochter zu verbrennen. Ein Versuch der gerechten Christen, sich zu erheben, wurde von den Schergen des O'Malaghlin Clans niedergeschlagen. Er würde jeden eigenhändig enthaupten, der auch nur ansatzweise ein derartiges Ansinnen hegen würde. Marias Körper wurde ungereinigt auf dem Anwesen O'Malaghlins beigesetzt. Für die gläubigen Menschen waren die Umstände klar:

Eine Ordensfrau war unter dem Einfluss zweier Hexen (dem Wirt und seine Frau) vom Teufel geschwängert worden. Nuada O'Malaghlin, selbst vom Teufel besessen, hatte es verhindert, Maria der kirchlichen Gerichtbarkeit zu übergeben. Die Satansfrucht war von ihm selbst aus Marias Körper entfernt worden, niemand wusste, was aus dem Teufelsbalg geworden war. Durch ihre Selbsttötung hatte Maria sich ihrem Gemahl, dem Satan, geopfert.

Nach kirchlicher Auffassung müsse der Leichnam Marias dem reinigenden Feuer übergeben werden, um Schaden vom Dorf abzuwenden. Das aber war von den

Vasallen des Teufels, ihrem Vater,
vereitelt worden. Die Menschen wussten,
dass die Angelegenheit nicht beendet war,
die Hexe (Maria) würde ihre Opfer
fordern.

Nun ist es bekannt, dass der Teufel ein
Zyniker ist. Es passierte lange Zeit nichts
und die Erinnerungen an diese Ereignisse
verblassten, obwohl sie nicht vergessen
wurden. Der verlorene Sohn der
O'Malaghlins kehrte tatsächlich heim. Er
fand eine Gattin. Der Clan O'Malaghlin
blieb erhalten und längst regierte der Sohn
des Heimgekehrten und die folgenden
Ereignisse wurden vom Enkel
Conchobhars berichtet.

(1570)

Die Geschehnisse um Marias Frevel waren
beinahe vergessen. Man weiß nicht mehr
den Anlass, aber eines Tages ließ James
O'Malaghlin, der damalige Herr des
Clans, die Leiche seiner Tante Maria
exhumieren. Er war wie vom Blitz
getroffen: Marias Körper war völlig
unversehrt, keine Spur von Verwesung
war zu erkennen. Er war von der
Schönheit dieser Frau, die seine Tante
war, völlig in den Bann geschlagen.

Irgendetwas in ihm flüsterte, dass dies nur das Werk des Teufels sein könne, doch wie sein Großvater war auch er nicht besonders gottgläubig. So glaubte er lieber an natürliche Ursachen, die den Leichnam seiner Tante so perfekt erhalten haben. Er verliebte sich in das Bild dieser Frau, niemals hatte er in seinem Leben eine schönere gesehen. Doch Marias Leiche verfiel innerhalb weniger Tage nach ihrer Exhumierung. Als er sie zum letzten Mal sah, hatte sie das Aussehen einer etwa achtzigjährigen Greisin. Dieses Bild verfolgte ihn und dazwischen mischte sich immer wieder jenes seiner schönen Tante. Es brauchte seine Zeit, bevor er so etwas wie Ruhe wiederfand.

(1575)

Eines Tages, es waren viele Jahre vergangen, war er zu Geschäften in Kinnegad. Als er den Heimweg antrat, war der kräftige Wind des Tages bereits ein ausgewachsener Sturm, Regen peitschte durch sein Gesicht. Er mochte wenige Meilen zurückgelegt haben, als er am Wegrand die Gestalt einer Frau erkannte. Je näher er kam, umso deutlicher erkannte er, dass sie schon ziemlich alt sein musste.

Als sie sein Kommen bemerkte, stellte sie sich mitten auf den Weg und zwang ihn zum Anhalten.

Mein Ahn, der Enkel Conchobhars, erhielt keine Informationen darüber, was weiterhin geschah. Man fand seinen Herrn am nächsten Tag in einem fürchterlichen Zustand.

Seine Rückkehr war noch spät in der Nacht erwartet worden. Als aber am nächsten Nachmittag weder er noch eine Nachricht von ihm eintraf, sorgte sich mein Ahn und sandte Leute aus, ihn zu suchen. Am Abend erhielten sie einen Hinweis von einem Farmer, der ihn gesehen haben wollte. Es war spät in der Nacht, als man ihn fand. Er lag in den trockenen Stoppeln eines Bogs[2], nicht weit von dem Gasthaus, in dem seine Tante und Seán seinerzeit ihre mysteriöse Hochzeit feierten. Sein Wagen lag umgestürzt eine halbe Meile weiter im Feld, die Pferde fand man erst am nächsten Vormittag. Seine Leute hielten ihn zunächst für tot, so regungslos lag er dort. Sein Gesicht sah aus wie im Schrecken vereist. Es musste

---

[2] Irisches Torf-Feld

etwas Fürchterliches gewesen sein, niemand ahnte, was ihm widerfahren war. Lange Zeit sprach er kein Wort, doch die Leute redeten, zunächst verstohlen hinter vorgehaltener Hand. Schnell war ein Zusammenhang zu den früheren Ereignissen hergestellt, wusste man doch um die Verstrickungen der O'Malaghlins, und die Nähe zu dem verfluchten Gasthaus bewirkten ihr Übriges.

Eines Nachmittags hörte er seinen Herrn plötzlich im Fieber rufen:

„Sie war es, bei Gott, sie war es. Ich habe sie erkannt."

Dann schrie er nach wenigen Sekunden:

„Maria!"

James starb am selben Tag. Die mysteriösen Ereignisse um James O'Malaghlin beschäftigte die Menschen und die Kirche. Der Fall Marias wurde wieder gegenwärtig und galt sehr bald als „aufgeklärt":

Der Teufel hatte siebzig Jahre gewartet, bis er sich nach dem Frevel sein erstes Opfer geholt hatte, die Umstände ließen keinen anderen Schluss zu. Die unerlöste Maria kehrte zurück und holte sich ihr Blutopfer. Doch der Tod dieser armen

Opfer war nicht das Schlimmste. Wer
Maria in die Falle ging, war der ewigen
Verdammnis preisgegeben. Sie nahm
Rache für ihr totes Kind, diese Satansbrut.
Vielleicht hatte sie aber auch im Stillen
diesen Balg gesäugt, nachdem sie ihr
Leben dem Teufel überlassen hatte, man
erinnere sich: Der Fötus wurde niemals
gefunden.
Die Zeit fraß an der Erinnerung dieser
Ereignisse, und diese wären längst
verblasst, wenn sich nicht ziemlich genau
siebzig Jahre später wieder ein mysteriöser
Todesfall ereignet hätte, der mit dem des
James O'Malaghlins vergleichbar gewesen
war.
(1645)
Ein Fremder war mit einem Wagen
unterwegs, von Kinnegad nach Moate.
Augenzeugen meinten eine alte Frau
erkannt zu haben, die in den Wagen des
Fremden gestiegen war. Fest steht, dass
die Leiche eines Fremden in der Nähe von
Moate, nicht weit von seinem Wagen,
gefunden wurde, und es war stürmisch und
nass. Wieder wurde dieser Fall von der
Kirche untersucht. Anzeichen für einen
Mord wurden von den offiziellen

untersuchenden Beamten aus Athlon nicht gefunden. Man erklärte kurzerhand einen natürlichen Tod.

(1926 im Gasthaus)

Die Menschen von Moate wussten es besser: Etwa alle siebzig Jahre eröffnete die verdammte Maria ein Blutgericht, in dem sie Vergeltung für ihr totes Kind forderte. Die Opfer dieses Blutgerichts waren ahnungslose Reisende, die in einer stürmischen, regnerischen Frühlingsnacht eine unbekannte alte Frau in ihrem Wagen mitnahmen, wie Seán Maria. Nur ist es dann keine junge reizvolle Frau wie sie, sondern eine Greisin. Dieser Fluch konnte nie beendet werden, da nach der Exhumierung Marias niemand ihre Leiche jemals wieder zu Gesicht bekommen hatte, geschweige denn die Möglichkeit gehabt hätte, diese in das reinigende Feuer zu geben!"

Der Erzähler hielt inne, inhalierte den Pfeifenrauch.

„Es ist dabeigeblieben, es gibt nichts, was beweisen könnte, dass es dieses Blutgericht wirklich gab oder gibt, doch der Teufel ist listig und macht es uns immer wieder vergessen. Das Ewige Blutgericht wird es bis ans Ende der Zeiten geben, es sei denn, es

trete der unwahrscheinliche Fall ein, dass sich
Maria mit ihrem abgetriebenen Baby
gemeinsam der Reinigung im Feuer
unterziehen würde. Wenn jemand diese
unselige Maria in seinem Wagen mitnimmt,
ist er des Todes und seine Seele wird der
ewigen Verdammnis preisgegeben."
Es mussten mittlerweile Stunden vergangen
sein. Keiner der Anwesenden sagte ein Wort,
nur das Feuer knisterte gespenstig im Kamin.
Die Erzählung des alten Mannes hatte ein
Gefühl in meinen Bauch gepflanzt, wie ich es
in meinem Leben noch nicht erlebt habe. Ich
traute mich kaum, einen von ihnen
anzuschauen. Erst nach einer ganzen Weile
hob ich meinen Kopf und ließ meine Augen
vorsichtig in die Runde schweifen. Die Alten
saßen still und regungslos in der Runde und
über allen schwebte bereits ein Hauch von
Tod, so jedenfalls erschien es mir. Erst jetzt
bemerkte ich, dass Maria nicht mehr im
Raum war. Schwer lastete die Stille auf mir,
das Knistern vom Kamin war keine
Erleichterung. Als ich es nicht mehr ertragen
konnte, entschloss ich mich, ein Herz
fassend, den Bann zu brechen und richtete
mich an den Erzähler.
„Es muss doch weitere Opfer gegeben haben,

wenn ihre Erzählungen stimmen."
Meine Frage taute den Alten auf, denn sein
wenige Sekunden zuvor noch
totenmaskenähnliches Gesicht füllte sich
wieder mit Leben:
„Oh ja", brach es hervor und er setzte das
erstarrte Ritual, seine Pfeife zu stopfen, fort.
Ich drängte ihn nicht, denn ich war froh über
das nun erwachende Leben in diesem Raum.
Erst als er seine Pfeife funktionsbereit hatte,
sagte er, während er sie begutachtete:
„Es gab immer wieder seltsame Todesfälle
hier."
Er steckte sich die Pfeife in den Mund und
nahm einen Span aus dem Kaminfeuer, um
sie wieder anzuzünden. Er inhalierte drei
kräftige Züge und fuhr dann fort:
„Es ist fast allen Fällen gemein, dass die
näheren Umstände nicht bekannt wurden. Die
Ereignisse von 1505 sind immer wieder
verdrängt worden, niemand erinnerte sich
gerne daran, doch jeder anormale Todesfall
rief sie immer wieder in das Gedächtnis der
Leute zurück."
Er sog wieder kräftig den Rauch ein, so dass
ich es wagte, eine Frage an ihn zu stellen:
„Ich lebe doch auch hier, warum habe ich
davon noch nichts gehört? "

„Sie sind fremd hier“, sagte der Alte.

Etwas lehnte sich in mir auf.

„Ich? Seit vielen Generationen lebt unsere Familie in Rossmore, das sollte nahe genug sein, um nicht fremd zu sein.“

„Sicher“, erwiderte er, „ich meine fremd auch nicht im üblichen Sinne, Ihre Familie hat erst vor wenigen Generationen begonnen, sich hier zu verwurzeln. Diese unseligen Dinge werden nur von Generation zu Generation weitergegeben und geredet wird nur innerhalb derer, deren Ahnen damals schon hier verwurzelt waren.“

Als ich etwas erwidern wollte, winkte er barsch ab und fuhr unvermindert fort:

„Ich sagte, es gebe fast keine Informationen, doch von einem Fall habe ich gehört, was sich abgespielt haben soll. Es war der letzte mir bekannte. Er ereignete sich in einer Zeit, als mein Großvater noch lebte. Es mag sein, dass dem einen oder anderen über frühere Fälle mehr bekannt wurde, aber die Leute reden nicht gerne offen darüber. Mein Großvater hat mir über einen Fall berichtet, der sich 1856 ereignet hatte, und das Unheimliche daran ist die Ähnlichkeit der Ereignisse.

(1856)

Ein Fremder aus Dublin, er war schon zwei
Tage unterwegs, hatte in Kinnegad einen Tag
Rast einlegen wollen. Weil es den Tag über
sehr windig war und am Nachmittag ein
kräftiger Regen einsetzte, besuchte er ein
Gasthaus, um sich die Zeit zu vertreiben. Der
Wind eskalierte zum Sturm und der Regen
ließ nach, obwohl er leicht aber konstant
weiter sprühte. Es muss wohl der Alkohol
gewesen sein, aber gegen Sieben am Abend
entschloss er sich plötzlich seinen Weg nach
Galway fortzusetzen, das war sein Ziel. Er
schlug die Richtung nach Athlone ein. Er
mag etwa zwei bis drei Stunden unterwegs
gewesen sein, als er eine vermummte Gestalt
im Lichte seiner Lampen am Wegrand stehen
sah. Er zügelte die Pferde und sah im
Lampenlicht ein verrunzeltes Gesicht aus
einem Umhang hervorlugen. Es war das einer
alten Frau. Er fragte sie, was sie hier so spät
bei diesem Wetter mache, sagte es, so gut er
konnte, denn der Alkohol in ihm machte das
Sprechen schwer. Fast unhörbar sagte sie,
denn das Heulen des Windes übertönte
beinahe ihre Stimme, sie sei auf dem Weg
nach Moate. Er dachte an seine alte Mutter,
die zuhause vor ihrem alten Kamin saß. Er
stellte sich vor, wie sie hier so armselig

stehen würde wie diese Alte und bot ihr an,
sie mitzunehmen, es läge auf seinem Weg. Er
sagte ihr, dass sie auch hier den Wind spüren
werde, aber es sei allemal besser als Laufen.
Sie ließ es sich nicht zweimal sagen,
behändig wie ein Äffchen kletterte sie auf
den Wagen und setzte sich neben ihn.
„Ich danke dir Söhnchen, in Moate lade ich
dich auf ein ordentliches Schlückchen mit
Freunden ein.“
Dann fragte sie ihn, ob er keine Sorge habe,
eine Fremde in dieser Dunkelheit und bei
diesem Sturm mitzunehmen, und kicherte
leise.
Der Fremde musste laut auflachen:
„Ich glaube, dass Sie mir schon kein Leid
zufügen.“ Noch einmal lachte er laut auf.
„Gewiss“, sagte die Alte, „gewiss Söhnchen.“
Noch einmal kicherte sie und schwieg für den
Rest des Weges, der sich gegen den Sturm
zäh dahinzog. Nach ein paar Stunden trafen
sie dennoch in Moate ein, die Alte zeigte
keine Erscheinung einer Ermüdung. Flink
hüpfte sie vom Bock, und wenn er ihr altes
Gesicht nicht gesehen hätte, würde er sie für
ein junges Ding gehalten haben.
„Komm Söhnchen“, sagte sie, als sie an
einem Haus anlangten, das wie ein Gasthaus

aussah, wir wissen natürlich, um welches
Gasthaus es sich handelt."
Der Erzähler kicherte nun auch. Er nahm
noch etwas von dem Pfeifenrauch und setzte
seine Erzählung fort:
„Die Alte lief zu einer Tür und hämmerte mit
der Faust davor, eine Wucht, die er dieser
dürren Gestalt nicht zugetraut hätte. Es
dauerte nicht lange und die Tür tat sich auf.
Ein Mann blickte durch den Spalt und die
Alte tuschelte etwas, dann signalisierte sie
ihm, hinein zu kommen. Bevor er etwas
einwenden konnte, sagte sie, der Knecht
werde sich um Pferde und Wagen kümmern.
Sie führten ihn in den Raum, den Sie schon
kennen. Im offenen Kamin tobte ein lebhaftes
Feuer. In der Mitte des Raumes stand ein
großer eichener Tisch, an dem vier alte
Männer saßen. Man wies ihm einen Platz zu,
auf den er sich niederließ. Kaum, dass er saß,
hatte er einen großen Becher in der Hand, den
er als Whisky-Punsch erkannte. Schnell
schlürfte er das wohltuende Gebräu hinunter.
Die Alten blickten ihn lauernd an, regungslos
und schweigend saßen sie dort. Nach einer
Weile kam die Alte zu ihm und drückte ihm
einen neuen Punsch in die Hand.
„Trink Söhnchen, es wird dir guttun!"

Nach einer Zeit des Schweigens, er mochte bereits seinen fünften Punsch in der Hand halten, brach plötzlich einer der Alten das Schweigen:
„Weißt du, welche Nacht wir haben?"
Der Fremde verstand nicht, doch der Alte wartete nicht.
„Heute ist die Nacht des ewigen Blutgerichts, mein armer Bruder."
Der Fremde verstand noch immer nicht, er war wohl zu sehr alkoholisiert.
„Du musst auch nichts verstehen, mein Söhnchen", hörte er die Alte hinter sich sprechen, „mein Kind konnte es auch nicht verstehen."
Das Letzte, was der Fremde wahrnahm, waren die vier alten Männer. Ihm schien, als ob vier Tote dort säßen. Bevor er das Bewusstsein verlor, hörte er noch die Stimme des Sprechers:
„Du gehörst nun zu uns, du bist das Fünfte Kind Marias."
Der Fremde muss noch einmal zu sich gekommen sein", sagte der Erzähler, „denn er hat die Geschehnisse berichtet. Wir wissen nicht genau, wem er die Vorfälle erzählt hat. Fest steht aber, dass man am nächsten Tag gegen Abend seinen toten Körper fand, nicht

weit von hier. Pferd und Wagen waren verschwunden und sind auch nie wieder aufgetaucht."

Schweigen breitete sich erneut im Flackern des Kaminfeuers aus. Der Todesengel erfüllte wieder den Raum.

(1926 Garda-Station)

„Ich bin kein Dummkopf", sagte mein Vater und ich sah ihn am ganzen Leibe zittern, „weiß Gott, ich bin keiner. Ich erkannte die Rolle, in die ich hineingeraten war. In siebzig Jahren würde ich genau an jenem Tisch sitzen, und wir würden sechs sein. Ich müsste erleben, wie einer von uns einem Unglücklichen von der Nacht des ewigen Blutgerichts erzählt und ihn dazu verdammen, in weiteren siebzig Jahren einen Siebten in unsere Gesellschaft zu holen. Ich saß am Tisch der Verdammten und versuchte mich von meiner Angst nicht übermannen zu lassen. Mein Kopf hämmerte wie eine Dampfmaschine. Maria war verflucht, alle siebzig Jahre ein weiteres Opfer zu locken. Die Opfer sollten etwa so alt sein wie ihr Kind, wenn sie mit ihm in einem friedlichen Leben alt geworden wäre. Ihr Kind war die Brut des Satans, sagen die Leute. Ich weiß nicht, ob es wahr ist. Ich weiß aber auch, dass ungetaufte Babys verdammt sind. Das alles scheint ein zynisches Spiel des Teufels zu sein.

Ich ließ mich nicht darauf ein. Ihr müsst euch vorstellen, welch unbändige Angst in mir tobte. Mein Leben, nein, mein Seelenheil stand auf dem Spiel. Ihr wisst, dass ich ein rechtschaffener Mann bin und nicht mehr sündige als jeder normale Mensch auch. Ich wollte nicht in diese böse Intrige des Teufels hineingezogen werden und als guter Christ der Heiligen Katholischen Kirche sollte ich mich dem Satan entziehen können. Ich entzog mich der Party der Verdammten und ließ all die gealterten toten Föten zurück. Ohne ein Wort zu sagen, gehetzt vom Teufel, verließ ich das verdammte Gasthaus und lief, was meine Kräfte hergaben, um Leben und Seelenheil. Hinter mir hörte ich das Geschrei der toten Kinder. Ich ließ mich durch nichts beirren, wie könnte ich auch, in meiner Panik. Ihr glaubt nicht, wie froh ich war, als ich den Polizisten vor der Wache sah. Ihr kennt den Rest, aber bei allen Heiligen, betet für mich. Ich weiß nicht, ob ich dem Fluch wirklich entkommen bin.“

Mein Vater zitterte am ganzen Körper. Immer wieder rief er:

„Betet für mich, meine Kraft reicht nicht.“

Meine Mutter bekreuzigte sich und stieß mich unsanft an:

„Bete für deinen Vater."

Sie schien ebenfalls erregt, nur der Polizist sagte, dass Vater einfach zu viel getrunken habe und phantasiere.

Das traurige Ende: Mein Vater starb in der gleichen Woche. Für uns war es sehr schwer. Wir waren sicher, dass Maria sich ihr sechstes Opfer geholt hatte. Wir verschwiegen die Umstände seines Todes, um ihn in geweihter Erde begraben zu lassen. Wir wussten, dass die Kirche niemals einen Verdammten zulassen würde. Von offizieller Seite gab es nichts Besonderes an den Umständen seines Todes.

Mom war auch überzeugt, dass er in geweihter Erde der Verdammnis entkommen würde. Er hatte ja auch keine persönliche Schuld auf sich geladen."

**Epilog**

Der alte Noel beendete seine Erzählung hier. Der Landlord schenkte unsere Becher erneut mit jenem wundersamen Tee voll. Ich muss zugeben, dass mich seine Erzählung tief beeindruckt hatte, obwohl ich natürlich in keinem Moment an ihre

Richtigkeit geglaubt habe. Die Gespenstigkeit des Raumes und der Erzählungen verfehlte aber auch bei mir nicht ihre Wirkung. Ich konnte mich einer gewissen Beklemmung nicht entziehen. Ich hatte schon viel von der Erzählkunst der Iren gehört, und ich habe auch schon einige Erzähler erlebt. Dieses hier aber übertraf alles. Das Schweigen war eisig. Ich sagte mir. Das gehört zu ihrem Spiel. Ich weiß aber nicht, warum ich dem Erzähler mehr glaubte als mir selbst. Nach einer ganzen Weile des Schweigens durchbrach Maria plötzlich die Stille:

„Es ist spät geworden", zu mir gewandt fuhr sie fort:

„Du bleibst besser hier, heute Nacht, morgen im Hellen reist es sich besser."

Ich fühlte ein Widerstreben, in diesem Haus zu übernachten, dann rief ich mich selbst zur Ordnung. Es ist schon schwer, nach einer solchen Erzählung in die Normalität überzugehen. Es ist ähnlich, wie nach einem Alptraum. Dann sagte Maria:

„Du kannst in der Hochzeitssuite übernachten", sie kicherte laut vernehmlich.

„Sehr witzig", entfuhr es mir.
Etwas sachlicher sagte sie:

„Es ist die einzige ordentliche Übernachtungs-möglichkeit hier in diesem Haus."

„Mir ist es gleich, wo ich schlafe.“

„Hört, hört“, rief einer der Alten, „den Siebten
interessiert es nicht, wo er übernachtet.“
Die Männer und Maria lachten laut auf meine
Kosten. Maria ergriff als Erste wieder das Wort:
„Komm Söhnchen, ich weise dir den Weg.“
Dieses Söhnchen ließ das Blut in meinen Adern
gefrieren, kurzzeitig, dann versuchte die Vernunft
wieder die Oberhand zu gewinnen. Ich erhob mich
und folgte der sich bereits in Gang gesetzten Maria.

„Eine gute und ruhige Nacht“, hörte ich die
höhnische Stimme des vorherigen Erzählers.“

„Ja“, rief ein anderer, „wir würden uns freuen,
dich in unserer Runde wieder zu sehen.“

Die Clique lachte hemmungslos. In dieser Nacht
träumte ich vom Schafott. Ich war der Delinquent
und vom Rat der sechs Alten zum Tode verurteilt
worden. Ich sah Maria, jung und schön, sie trug
Ordenskleider.
„Komm, mein Geliebter“, sagte sie, „lass uns einen
Teufel zeugen.“

Obwohl mich diese Frau anzog, tat ich alles, um
ihr zu widerstehen.

„Ich glaube nicht an den Teufel“, rief ich.

„Gut“, sagte sie, „was hält uns dann zurück.“

„All die toten Kinder“, rief ich und spürte Panik.

„Du musst keine Angst haben, mein Geliebter“, sagte sie, aber ihre Stimme hörte sich an, als ob ich ihr nicht trauen dürfe.

Plötzlich verwandelte sich die schöne Frau in eine hässliche Alte. Ihre Stimme rief:

„Komm Geliebter, ich möchte ein Kind von dir.“

„Damit du es tötest“, schrie ich, ja ich schrie.

Ich war plötzlich in einem engen Käfig. Eine Stimme sagte:

„Er darf nicht geboren werden, er ist die Frucht des Satans.“

Ich sah einen großen widerlichen Haken durch eine Öffnung kommen, ich sollte abgetrieben werden.

„Ich bin nicht das, was ihr glaubt. Ich bin ein ganz normaler Fötus.“

Doch das Abtreibungswerkzeug kam gnadenlos näher.

„Nein“, rief ich, „ich würde ein normales Kind werden, warum will man mich nicht?“

Dann erfasste dieses Ding mich, bohrte sich mir in den Leib.

„Nein“, rief ich, „nein.“

Ich erwachte, schweißgebadet lag ich in meinem Bett. Über mich beugte sich der alte Erzähler der letzten Nacht.

„Du hast geträumt", sagte er.

„Ja", sagte ich, nach und nach kam ich zu mir.

„Ihre Erzählungen, mein Gott ...  Im Traum war ich das nächste Opfer in den Klauen Marias, Sie verstehen, jener Maria."
Der alte Mann lächelte.

„Aber mein Junge, ich habe dir doch gestern gesagt, als du zu uns kamst, dass es weder regnet noch stürmt. Vor allem ist es September, da gibt es kein Blutgericht."

Von der Tatsache der Existenz eines ewigen Blutgerichts wich er auch am Morgen nicht ab.

## Der Geschichtenerzähler aus Donegal

Es ist ein Festival-Wochenende der
Geschichtenerzähler, als wir in Joyce 's Bar den
Erzähler George O'Flaherty aus Donegal erwarten.
Ich würde ihn zum ersten Mal sehen und hören,
aber alle anderen hier kennen ihn. George erzähle
immer ganz besondere Geschichten, die mehr Fairy
Tales sind als Geschichten, die tatsächlich passiert
waren oder hätten passieren können. Die Iren aber
lieben Fairy Tales und sind überzeugt, dass ihnen
ein wahrer Kern innewohnt. Diese Leidenschaft
teile ich mit ihnen und warte daher gespannt auf
George und seine Geschichten.

Dann betritt ein großer schwerer Mann die Bar
und aus der Reaktion der Anwesenden errate ich
leicht, dass es George ist, er mag etwa 50 Jahre alt
sein, vielleicht auch ein paar mehr oder weniger. Er
geht schnurstracks zur Bar und begrüßt Anny Joe,
die ich nicht mehr vorstellen muss, mit einer
herzlichen Umarmung. Bei der Statur Georges und
der kleinen Anny Joe hoffe ich nur, dass er sie
nicht erdrückt. Anny schenkt ihm ihr reizendes
Mädchenlächeln, so dass ich diesbezüglich beruhigt
sein kann. Danach bewegt er sich ansatzlos auf den
erhöhten Stuhl in der Mitte des Raumes zu und
setzt sich darauf, er kennt sich hier bestens aus.

Niemand muss um Ruhe bitten, diese ergibt ganz von selbst.

„Ich freue mich, dass ihr alle wieder dabei seid, dann kann meine letzte Geschichte, die ich hier erzählt habe, doch nicht so schlecht gewesen sein.“ Seine Stimme ist genauso, wie ich es bei seiner Statur erwartet habe, sie hat einen sonoren Bass.

„Ich sehe auch ein paar neue Gesichter und hoffe, dass diejenigen, die euch hier hereingelockt haben, sich heute nicht blamieren.“ Darüber muss er gleich selbst lachen. Obwohl er mich nicht angesehen hat, fühle ich mich angesprochen.

„Nun ja“, fährt er fort, „heute möchte ich euch als erstes etwas über einen Beruf erzählen, der heute leider ausgestorben zu sein scheint. Es ist der Beruf eines Traumdesigners.“

# Der Traumdesigner

In jener Zeit, als die Menschen noch Träume hatten, gab es einen Künstler von besonderer Art. Er war der einzige Traumdesigner weit und breit. Der Ruhm seiner Kunst ging weit über die Landesgrenzen hinaus, mehr noch, sein Ruhm überwand Raum und Zeit. So war es kein Wunder, dass dieser Ruhm bis in unsere Gegenwart vordrang.

In dieser Gegenwart gibt es keine Träume mehr, und was die Menschen für Träume halten, sind lauter Illusionen. In dieser traumlosen Gegenwart gibt es einen Mann, der den Täuschungen misstraute, der aber nicht wusste, dass Illusionen keine Träume sind. Er lebte im Meer der Möglichkeiten, doch der Sog der Illusionen ist zu stark, um eine von ihnen zu ergreifen.

Da dringt der Ruhm des Traumdesigners an sein Ohr. Es ist zunächst nur ein flüchtiges Wehen, eines der Elemente aus dem Meer der Möglichkeiten. Doch dieses zarte Lüftchen entfachte sich zum Sturm, und mit einem Mal wird ihm klar, dass seine Illusionen keine Träume sind. Er entschließt sich, diese eine Möglichkeit zu ergreifen, um sich einen wirklichen Traum erschaffen zu lassen. Er wirbelte durch den Strudel der Zeiten, um dort zu landen, wo der berühmte Künstler wirkte. Sofort suchte er diesen auf, um sich einen gewaltigen Traum erschaffen zu lassen. Doch so einfach konnte man den Traumdesigner nicht engagieren. Als der Mann aus der Gegenwart dort vorsprach, war der Künstler äußerst desinteressiert.

„Du bist nicht qualifiziert, dir einen Traum von mir erschaffen zu lassen. Gehe hin, und erwerbe die notwendigen Qualifikationen.“

Der Mann aus der Gegenwart fragte, wie man sie erwerben könne. Der Künstler aber antwortete:

„Das musst du selbst herausfinden, es ist ein Teil der Qualifikation.“ Schon überlegte der Mann, ob er nicht in seine Welt der Illusionen zurückkreisen solle, denn für Illusionen muss man sich nicht qualifizieren. Doch dann besann sich der Mann und sagte zu sich selbst:

„Bin ich so lange im Nichtsein herumgetrieben“, denn so nannte man das Meer der Möglichkeiten, „um hier bei der ersten Schwierigkeit zu kapitulieren?“ Der Mann aus der Gegenwart entschloss sich, die notwendige Qualifikation zu erwerben. Da er aber noch nicht

wusste, was er zu tun habe, fragte er einen
Gesellen des Künstlers. Dieser sagte:

„Die Qualifikation ist unsagbar, aber einen Rat
gebe ich dir: Suche nach der blauen Blume und
bringe sie mir.“

Nun war der Mann aus der Gegenwart ratloser
als je zuvor. Deshalb fragte er den Lehrling des
Meisters nach der blauen Blume. Der Lehrling
jedoch sagte:

„Du kannst die blaue Blume nicht finden, denn
der Garten, in dem sie gedeiht, ist nicht von
dieser Welt. Ich kann dir aber einen Rat geben.
Die blaue Blume muss dich finden. Wenn sie
dich gefunden hat, bringe sie zu mir.“

Der Mann aus der Gegenwart fand seine
Aufgabe schwieriger als je zuvor. Also zog er
aus, die blaue Blume zu suchen, die man nicht
finden konnte, die ihn finden sollte. Er wanderte
Tage und Wochen, überquerte Hügel und
durchmaß Täler, fragte Land und Leute nach der
blauen Blume, doch niemand konnte ihm
Auskunft geben. So kam er eines Tages
erschöpft zu einem kleinen Bauernhaus. Er hatte
nur noch den einen Wunsch, auszuruhen. Mit
letzter Kraft klopfte er an die Tür, und die Tür
öffnete sich, doch niemand hatte sie geöffnet.

Da er keine Kraft mehr hatte weiterzureisen, trat
er in das Haus und fand einen gedeckten Tisch.
Er war hungrig und ließ sich nieder, um vom
reichlich vorhandenen Brot, Fleisch und Wein
zu nehmen. Als er gesättigt und sein Durst
gestillt war, ging er in einen Nebenraum und
fand ein gerichtetes Bett. Er dachte noch, dass
dies doch alles nicht wahr sein könne, aber er
war zu müde, um der Sache auf den Grund zu
gehen. Deshalb ging er zu dem Bett, um seine
müden Glieder auszustrecken. Es dauerte
wenige Minuten und er war in einen tiefen
Schlaf gefallen. Und da träumte ihm, dass die
Tür zu seiner Schlafkammer sich öffnete, und
eine junge Frau an sein Bett trat. Er konnte diese
Frau nicht erkennen, und dennoch konnte er sich
des Eindrucks nicht erwehren, dass er sie
kannte. Je mehr er sich bemühte diese Frau zu
erkennen, umso undeutlicher erschien sie ihm.
Doch dann fasste er sich ein Herz und fragte sie
nach der blauen Blume. Mit einem Mal sah er
sie klar und deutlich vor sich.

„Ich habe so lange auf dich gewartet, mein
Geliebter“, sagte sie. Und tatsächlich strahlte ihr
Gesicht aus einer wunderschönen Blume, deren
strahlendes Blau ihn blendete, doch er konnte
seine Augen nicht mehr abwenden. Sie stand auf
einer Wiese mit vielen wundervollen Blumen,

doch für ihn gab es nur diese eine, diese zu pflücken war sein sehnlichster Wunsch.

Er erwachte aus seinem Schlaf und wusste, dass seine blaue Blume ihn gefunden hatte. Er eilte zurück durch Täler und über Berge, um freudig zum Hause des Meisters zurück zu eilen. Er bedankte sich bei dem Lehrling für seinen Rat, sagte ihm aber, dass er ihm die blaue Blume nicht geben könne. Er traf den Gesellen und sagte ihm das Gleiche. Dann stand er dem Meister gegenüber, und dieser lächelte. Er ergriff die Hand des Meisters, mit Tränen in den Augen sagte er ihm:
„Meister, dir vor allem danke ich für diesen wundervollen Traum." Doch der Meister hob beschwichtigend seine Hände und sagte:
„Diesen Traum hast du selbst erschaffen, ich war nur dein Gehilfe. Bringe die blaue Blume zurück in deine Welt, und die Wirklichkeit wird das gelungenste Design deines Traumes sein."

***

„Vielleicht gibt es ja hier den einen oder anderen, der genau so glücklich ist wie der Held meiner Geschichte, weil auch ihn seine blaue Blume gefunden hat", beendete der Erzähler diese Geschichte.

## Haiku

Die Einheit des Seins
zwischen Geburt und Sterben:
Die Zeit und ihr Raum.

***

Vergessen im Wind
ruht das letzte Geheimnis
und lässt dich fliegen.

***

Wo das Glück gewinnt,
kann der Tod nicht mehr siegen
und Bosheit verliert.

***

Nur dein Herz erkennt
die wahre Natur des Seins
Quelle des Lebens.

***

Grauer Regentag
entflammt in mir die Sehnsucht
nach neuer Liebe.

***

Weisheit überfliegt
die Grenze des Horizonts,
Pforte zum Himmel.

## Der Überlebende

Ich kannte einmal einen Mann", so beginnt George seine zweite Geschichte, „der sehr von seiner Fähigkeit überzeugt war, mögliche Gefahren im Voraus zu erkennen und sich darauf einzustellen. Er hatte einige Überlebensstrategien und diese auch in Überlebenscamps oder in Einzelaktionen nachgewiesen. Größer noch als seine Fähigkeiten selbst war aber sein Ego und die daraus folgende Geltungssucht, so dass man wohl – wäre man ein Therapeut - eine gewaltige Profilneurose hätte ableiten können. Ich nenne diesen Mann einmal David. Ich will euch mit meiner Geschichte zeigen, dass man nicht alles planen kann."

* * *

David reist nach der Verunglückung der Estonia nie ohne Neoporen-Anzug, wenn er die Fähre zwischen Holyhead und Dublin benutzt.
Es wird in der Irischen See im Winter nicht so kalt, doch ein Überleben um mehr als eine halbe Stunde ist im Wasser ohne diesen Schutzanzug praktisch unmöglich. Wie Recht David hat.

Es ist Januar und selbst in Irland ist es einige Grade unter null. Die Irische See hat trotz des

Golfstroms kaum mehr als vier Grad.

Es geht alles sehr schnell. Zwischen der ersten Unregelmäßigkeit und dem totalen Sinken der Fähre sind nicht mehr als 30 Minuten vergangen. Der Tod kommt beinahe undramatisch. Die meisten der wenigen hundert Passagiere schaffen gar nicht den Weg zu einem der Rettungsboote. Sie werden direkt mit der Fähre in die Tiefe gezogen. Die neunzig Personen, die mit einem Teil der Besatzung ein Boot gewassert haben und hoffnungsvoll drinsitzen, werden wenig später ebenfalls vom Strudel erfasst und ausnahmslos in die Tiefe gerissen. Von denen taucht nur David wieder auf, weil er unter dem Gummi des Anzugs noch eine Menge Luft gespeichert hat.

Als ihm seine Lage bewusstwird, ist nicht viel und niemand mehr von der Fähre zu sehen. Von den wenigen noch herumschwimmenden Überresten der „Irish Future" zieht nur ein weißer Schwimmreifen Davids Aufmerksamkeit auf sich. Da durch eindringendes Wasser in den Anzug das Überwassern anstrengender wird, paddelt David auf diesen Rettungsring zu. Er fühlt sich den Umständen entsprechend gut; es ist ihm warm und er kann noch klar denken. Trotz der stürmischen See erreicht er den Ring und hängt sich ein.

Er hat sich sicherheitshalber zuvor errechnet,
dass er mindestens vierundzwanzig Stunden im
Fall der Fälle überleben würde, praktisch ist
jetzt sogar mit der doppelten Zeit zu rechnen.
Die Aussichten sind also mehr als gut, denn die
Irische See gehört nicht gerade zu den selten
befahrenen Gewässern. Selbst wenn von der
Fähre kein Notruf ausging – was wenig
wahrscheinlich ist – wird sie spätestens zwei
Stunden nach dem Untergang vermisst werden.
Aller Voraussicht nach sind die Rettungstrupps
bereits auf dem Weg und es ist nur eine Frage
der Zeit, bis sie ihn entdecken.

David ist stolz auf seine Voraussicht, die ihn
diese fünf Millimeter dicke Schutzhaut anziehen
ließ. Amüsiert denkt er, dass Erfrieren nicht
seine Todesursache sein wird. Eine Art Wollust
überkommt ihn, wenn er an die Schlagzeilen der
„Irish Times" denkt, die in den nächsten Tagen
über seine clevere Überlebensstrategie berichten
wird.
Ein paar Stunden im Dunkel der Irischen See
scheinen ihm, der ein erfahrener
Überlebenskünstler vieler Expeditionen im
südamerikanischen Urwald war, ein kleiner
Preis für die Publicity zu sein, die er von den
Medien erwarten kann.
Nicht dass David die vielen Toten dieser

Katastrophe kalt ließen. Er denkt schon über das Geschwisterpärchen nach, das ihm Essig Crips aus der Tüte angeboten hat. Bei den aufkeimenden Gedanken, dass diese reizenden Kinder nun tot sind, schaltet er sein Gehirn für einen Moment ab.

Es gelingt ihm, seine Aufmerksamkeit wieder auf seine Vorstellung über die zu erwartenden drängelnden Reporter im Foyer des Shellborn Hotels zu lenken, denen er je nach Sympathie den einen oder anderen Erlebnisbrocken seiner Odyssee in der Irischen See vorwerfen wird. Bescheiden, aber selbstbewusst wird er in die Kamera blicken, wenn der irische Sender RTE die Reportage dreht.
Es kommt David die junge Frau aus Kerry in den Sinn. Wie alt war sie gleich, süße Einundzwanzig. Sie war auf dem Weg zu einem dreiwöchigen Urlaub. In ihren jungen Jahren hatte sie es bereits zur Geschäftsführerin der Filiale einer Irish Pub Kette in Deutschland gebracht. Fiona hatte dunkel strahlende Augen. Trotz ihrer Karriere war sie das einfache Mädchen vom Land geblieben. Ihr weißes Lachen war bezaubernd - und David wurde verzaubert. An der Bar hatten sie herumgealbert und David hatte versprochen, sie im Februar in

Frankfurt zu besuchen. Er war ein wenig verliebt gewesen.

David ist beinahe froh, dass ihm in diesem Moment trotz seines dicken Anzuges kalt ist. Die Vorstellung, er könne eventuell doch in Lebensgefahr geraten, lässt ihn den entstehenden Kloß im Hals herunterwürgen, das liebreizende Mädchen ist tot, und er denkt auch schon nicht mehr daran.

Da war es schon etwas anderes, als er acht Tage im Brasilianischen Urwald allein und fast ohne Hilfsmittel überleben musste. Es war ein Managertraining, das Härteste, was man sich vorstellen kann. Zu acht waren sie in das Unternehmen gestartet, es war bereits das dritte in den letzten fünf Jahren. Vor einem Jahr sind sie durch die Hölle gegangen - jeder für sich allein. Einen hatte es erwischt, er war verschollen und ist nicht wieder aufgetaucht. Einen anderen hatten sie nach einer zweitägigen Suchaktion am Ende seiner Kräfte retten können.
Seine Ausrüstung hatte nur aus einem Schweizer Taschenmesser, einem kleinen Rucksack, einem drei Meter langen Seil und den Kleidern bestanden, die er auf dem Leib trug. Es war nicht viel und in der Nacht konnte es dort

unangenehm kühl werden. Er erinnert sich, dass er dort des Nachts mehr gefroren hatte, als in diesem Moment. Nein, das Fährunglück ist im Vergleich zum letzten Überlebenstraining nicht mehr als eine Übungsstunde im Stadtwald.

Am Himmel tauchen auch schon die ersten Hubschrauber mit Suchscheinwerfern auf. Die aufkeimende Sicherheit des absehbaren Überlebens ergreift vollständig Besitz von ihm. Keine schmerzhafte Erinnerung beeinträchtigt David in diesem Moment. Seine Vorstellungskraft hat den vagen Kälteangriff auf seinen Körper längst überwunden. Er stellt sich noch einmal die kalten Nächte im Urwald vor, die Würmer und krabbelnden Insekten, von denen er sich ernährt hatte. Dieses Fährunglück ist für ihn ein Spaziergang im Vergleich zu den Anforderungen an seine geprüften Überlebensfähigkeiten. David ist ein harter Mann, der zudem nichts dem Zufall überlässt.

Am Horizont sieht er beleuchtete Boote auftauchen. Eine halbe Stunde später kann er fünf Lebensrettungsboote ausmachen, sie haben breite Lichtkegel auf das Wasser gerichtet. Diese massiv träge Rettungsinfrastruktur lässt David doch noch ungeduldig werden, es dauert immerhin noch dreieinhalb Stunden, bis ihn das

kreisende Licht des Bootes „Mona" ortet. Zu lange hat man nach großen Wrackteilen gesucht, wahrscheinlich sogar mit mindestens einem Schlauchboot gerechnet, aus dem man zwischen 50 und 100 Überlebende auf einen Schlag hätte bergen können. David ist eine magere Ausbeute für die gewaltige Rettungsmaschinerie.
Die "Mona" manövriert sich backbordseitig an David heran. Über einen Balken und eine Rolle werden zwei Rettungsleute zu ihm heruntergelassen. David freut sich auf die Anteilname, die ihm zuteilwerden wird. Er denkt nicht mehr an die Toten des Unglücks. Vor seinen euphorischen geistigen Augen leuchtet die Schlagzeile der „Irish Times", die am nächsten Tag lautet:

„Der Versuch, den einzigen Überlebenden nach dem Untergang der „Irish Future" aus der Irischen See zu bergen, endete äußerst tragisch...".

***

# Haiku

Das Leben erhascht,
den sicheren Tod verdrängt,
verwirklicht sich Eitelkeit.

***

Eitelkeit verliert
unendlich viel Kraft im Sein,
bevor sie versiegt.

***

Spuren im Schneeland,
weit getragenes Leben,
verwehen im Wind.

***

Dein Leben bestimmt
seine Schicksalsmelodie
und lässt dich wachsen.

***

Zeitdilatation,
im Raum gefangenes Ich
im Bewusstseinsnetz.

***

Am Frühjahrsmorgen
entsteht eine Symphonie
komponiert den Tag.

# Der Rattenkönig von Dublin

Wie euch allen bekannt sein dürfte, verstehe ich es vorzüglich, mich auch mit Tieren zu unterhalten. Na ja, vielleicht die Neuen unter euch wissen es noch nicht, diejenigen können die folgende Geschichte einfach als Fabel auffassen. Den Eingeweihten will ich aber verraten, dass mir diese Geschichte aus 1. Hand von einer Kanalratte erzählt wurde, die in dieser Geschichte völlig unbedeutend war, aber aus dem Hintergrund alles beobachten konnte. Sie ist so unscheinbar, dass sie weder von Freund noch Feind bemerkt wurde. Ich würde behaupten, es war die klügste Ratte in der Kanalisation von Dublin. Deshalb kann ich euch heute die Geschichte einer größenwahnsinnigen Ratte erzählen." Dann beginnt George O'Flaherty:

* * *

Tief unten in der Kanalisation von Dublin lebte einst ein großer Herrscher, es war der Rattenkönig Brandon. Mit List und Kraft hatte er es geschafft, das Gebiet bei den Ports, den Liffey hinauf bis zur Guinness-Brauerei zu beherrschen. Quer zum Liffey kontrollierte er die Kanalisation in der Länge der O 'Connell Street bis zum General Post Office (GPO). Eben hier hatten die feindlichen Verbände des

Rattenfürsten Winston, bei dem Versuch Brandons, die Kanalisation unter seine Kontrolle zu bringen, erheblichen Widerstand geleistet. Brandons Truppen wurden zurückgeschlagen und so beherrschte Winston das Gebiet jenseits des GPO. Diese Niederlage wurmte Brandon und er begann, einen listigen und gemeinen kriegerischen Plan gegen Winston auszuarbeiten.

Um einer neuen Schlacht zum Erfolg zu verhelfen, musste er Verbündete haben. Zwar mochte Brandon keine Verbündeten, aber die Not wog nun schwerer als jeder Vorbehalt. Als listigste aller Möglichkeiten erschien ihm die Verbindung mit einem gemeinsamen Feind. Damit meinte Brandon allerdings nicht einfach die Verbrüderung mit irgendeinem anderen Rattenfürsten, nein, die Verbindung musste mit einem kategorischen Feind der Ratten erfolgen. Erst der unglaubliche Verrat an der eigenen Art würde eine Aussicht auf die vollständige Vernichtung der Ratten hinter Winston gewährleisten. Doch wer kam in Frage? Eigentlich nur Menschen oder Katzen.

Mit Menschen konnte man sich nicht verständigen, sie schlugen immer sofort los. Beim geringsten Annäherungsversuch gerieten sie in Panik und schlugen mit allem, was ihnen

zur Verfügung steht, auf Ratten ein. Nein,
Menschen waren einfach zu dumm, und so
verwarf Brandon es, sich mit ihnen zu
verbünden. Blieben also nur noch die Katzen. Er
schauderte bei dem Gedanken, mit den Katzen
gemeinsame Sache machen zu müssen. Wie oft
hatten sie ihm fürchterlich zugesetzt, unter
seinen Soldaten gewütet und einige seiner
besten Offiziere gefressen. Die scheußlichste
Erinnerung hatte er aber an einen Kampf auf
Leben und Tod mit einem mächtigen Kater, dem
Hauptmann Kevin von der Grafton Street. Er
war ein großer Katzenführer und beherrschte das
gesamte Zentrum. Mit beinahe allen
Katzenfürsten von Dublin war er verbündet.
Man kann sagen: Er war der mächtigste Kater
von Dublin, und eben diesem war Brandon
einmal Auge in Auge gegenübergestanden. Der
Kampf war fürchterlich und der Gedanke daran
bewirkte einen hässlich stechenden Schmerz in
seiner linken Flanke. Hier hatte Kevin eine tiefe
Wunde geschlagen und ein Stück Fleisch, so
groß wie ein Hühnerei herausgebissen. Aber
Brandon hatte tapfer gekämpft und seinerseits
dem Hauptmann eine große Narbe zugefügt, die
seitdem vom Auge bis zur Nase Kevins Gesicht
verunstaltete. Es wäre fast Brandons letzter
Kampf geworden, wäre da nicht Sèan, sein

treuer Adjutant gewesen. Dieser hatte sich mutig in den Kampf gestürzt und Kevin von ihm abgelenkt. Doch Sèan war dem mächtigen Kater nicht gewachsen und hatte seine Treue mit dem Leben bezahlen müssen. Die Erinnerung an diese schrecklichen Ereignisse ließen Brandon noch einmal über eine mögliche Kooperation mit den Menschen nachdenken. Doch wie sollte er sich mit diesen arrangieren? Die Katzen hatten einen Weg der Verständigung mit den Menschen gefunden, und sie wurden von ihnen in den meisten Fällen gut behandelt. Teilweise gingen die Menschen sogar zärtlich mit Katzen um. Brandon wurde ein wenig eifersüchtig, hatte doch auch er schon versucht, mit Menschen in einen katzenähnlichen Verbund zu treten. Dieser einzige und letzte Versuch wäre fast zu einer Katastrophe geworden. Es war in der alten Bibliothek am Liffey. Die Tür zur Straße stand offen, weil einige Menschen etwas ins Haus trugen. Diese Gelegenheit hatte Brandon genutzt, um in das betagte Haus zu schlüpfen. Husch, ein paar Stufen hinauf, befand er sich plötzlich in einem großen Raum. Überall standen und lagen Bücher herum, an den Wänden und auf den Tischen. Direkt gegenüber zum Eingang, etwa in der Mitte des Zimmers, stand ein mächtiger Schreibtisch, hinter dem ein dürrer Mann mit weißen Haaren saß. Brandon blieb ehrfurchtsvoll vor diesem Schreibtisch stehen, gerade so, wie er es einmal bei einer kleinen Katze in einer ähnlichen Situation beobachtet hatte.

Brandon saß seinerzeit unter einem Schrank und blickte auf einen Küchentisch, an dem eine dicke Frau saß und Fleisch schnitt. Die Katze trabte durch die Tür und hockte sich direkt vor den Küchentisch. Die Frau sah sie, erhob sich von Ihrem Stuhl und sprach Worte, die Brandon nicht verstand, sich aber freundlich und zärtlich anhörten. Die Katze miaute schmeichelnde Lieder, so dass es Brandon übel in seinem Versteck wurde. Die freundliche Frau aber nahm das buhlende Tier vom Boden auf, liebkoste es und hielt ihm ein Stück des geschnittenen Fleisches vor das tropfende Maul. Ein feuchtes Miau, dann schnappte die Verführerin sich das ersehnte Stück und verschlang es. Ihr nächstes Miau ließ nicht lange auf sich warten, Brandon konnte den bettelnden Unterton nicht überhören. Die beabsichtigte Wirkung blieb nicht aus. Freundlich wurde ihr ein weiteres Stück des Ersehnten gereicht. Viele Male wiederholte sich dieses unter den neidischen Augen Brandons, doch er sah für sich keine Chance, etwas davon abzubekommen, die Katze hatte die Situation voll unter ihrer Kontrolle.

Brandon saß nun vor diesem alten Schreibtisch in der Bibliothek und hoffte auf eine ähnliche Reaktion des dürren Mannes – obwohl er kein Fleisch roch. Doch der Mann schien ihn nicht zu bemerken, deshalb versuchte Brandon ihn mit süßem Quieken auf sich aufmerksam zu machen. Kaum, dass er seine Rattenschmeichelei ausgestoßen hatte, blickte ihn der Mann einen Moment mit großen Augen an, sprang mit einem heftigen Satz hoch und eilte zum nahen Kamin. Er stieß Laute aus, die so gar nicht ähnlich klangen wie die der freundlichen Frau. Brandon fühlte, dass sich hier eine andere Entwicklung anbahnte als zwischen Menschen und Katzen, doch er wollte sein Freundschaftsangebot an die Menschen nicht vorzeitig zurückziehen. So wartete er die weitere Entwicklung ab und gab immer wieder einen zärtlichen Rattenlaut von sich. Der Mann jedoch ergriff am Kamin eine dicke, gefährlich aussehende, schwarze Stange mit einem spitzen Haken am unteren Ende. Mit dieser stürzte er sich auf Brandon, und während er sich ihm näherte, zog er das schwarze Ungeheuer von Haken über seinen weißen Kopf und stieß laute, wilde und hässliche Töne aus. Brandon ahnte,

dass dieser Mann ihm kein Fleisch reichen wollte, als der Haken auf ihn niedersauste, im nächsten Moment hatte er die schmerzliche Gewissheit. Der Haken streifte seine Schulter und riss dort einen daumenbreiten Streifen aus seinem Fell. Er wusste nun, dass man als Ratte mit den Menschen nicht verhandeln konnte.
Er verwarf den Gedanken, mit den Menschen zu kooperieren. Bei den Katzen konnte er die Feindschaft nachvollziehen, beruhte sie doch auf Gegenseitigkeit. Bei denen konnte er feindliche Absichten auch erkennen, man ging offen in den Kampf. Doch die Menschen? Man bemerkt ihre Feindschaft gar nicht, und unvermittelt schlagen sie zu. Nein, mit Menschen kann man sich nicht verbünden. Sollte er sich vielleicht die Kanalisation des GPO aus dem Kopf schlagen? Das war ebenfalls undenkbar. Winston musste vertrieben werden, denn das GPO gehörte unter des Königs Kontrolle.

Brandon beschloss daher, sich mit dem Katzenhauptmann Kevin zu treffen, doch direkt an ihn heranzutreten traute er sich nicht. Somit beschloss er einen diplomatischen Vorstoß.
An der O'Connell Statue trieben sich des Nachts gewöhnlich ein paar Katzen herum, die aber eher als harmlos einzuschätzen waren. Es waren junge Kater, die um zwei oder drei

halbwüchsige Katzen balzten. Diese beschloss Brandon in den diplomatischen Dienst einzubeziehen. Er rief nach seinem neuen Adjutanten, Cathel.

„Ich brauche ein Treffen mit dem Katzenhauptmann Kevin von der Grafton Street, ich möchte einen Deal mit ihm vereinbaren, der ihm großen Nutzen einbringen soll. Lass einen der jungen Kater vom O'Connell zu ihm gehen, von denen hast du nichts zu befürchten. Ich erwarte die Antwort noch heute Nacht. Mag Kevin Zeit und Ort des Treffens bestimmen."

Der Adjutant eilte sofort los. „Aleae acta est" dachte Brandon. Nun gab es kein Zurück mehr, und es blieb ihm nichts anderes übrig, als den bisher groben Schlachtplan gegen Winston zu verfeinern.

Es war bereits in den frühen Morgenstunden, als Cathel an das Abflussrohr zu seinem Gemach kratzte. Gespannt forderte Brandon ihn auf, herein zu kommen; Cathel krabbelte unterwürfig heran, grinsend, sich der positiven Nachricht, die zu überbringen ihm erlaubt war, bewusst. Geschickt schwieg er und steigerte damit die Ungeduld des Königs.

„Na, und?", schrie Brandon.

„Ähem", hüstelte der Adjutant, „es ist alles

geregelt."

„Was?", platzte der König heraus und biss dem
Adjutanten in die Kehle.

„Termin", röchelte der Adjutant.

„Wann? Wo?", brüllte der Rattenkönig.

„Würden Sie vielleicht loslassen", bat der
Adjutant. Brandon löste seine Zähne von der
Kehle seines Adjutanten. Nunmehr ohne
Umschweife begann Cathel:

„Kevin würde sich freuen, Exzellenz morgen
gegen Mitternacht an der Molly Malone
empfangen zu dürfen. Der Hauptmann schlägt
vor, dass jeweils maximal fünf Katzen und fünf
Ratten als Begleitung zugelassen werden sollen.
Wenn Exzellenz mit diesem Vorschlag
einverstanden ist, brauchen wir weiter nichts zu
veranlassen und können uns morgen bei der
Molly Malone einfinden. Wenn Exzellenz
aber..."

„Halt den Mund", befahl der König, „rufe vier
der kräftigsten Soldaten zu unserer Begleitung,
du übernimmst das Kommando. Positioniere
aber fünfhundert Soldaten am jenseitigen Ufer
des Liffey und postiere je einen alle zwanzig
Meter bis zur Grafton Street. Das Heer soll in
weniger als drei Minuten an der Molly Malone
einsatzbereit sein, falls es erforderlich werden
sollte."

„Sehr wohl, Exzellenz, ich werde alles
veranlassen", buckelte der Adjutant.
„Die Truppen am Liffey sollen gegen
dreiundzwanzig Uhr ihre Position eingenommen
haben. Wir werden uns ebenfalls um diese Zeit
von hier auf den Weg machen."
Der Adjutant legte sich zum Zeichen seiner
Unterwürfigkeit vor dem König auf den Rücken,
bis dieser ihn fort beorderte.
In der nächsten Nacht, zur vereinbarten Stunde,
kratzte es am Abflussrohr des Königs.
„Ich bin bereit", sagte Brandon und huschte
hinaus zu den fünf Wartenden. Schweigend
krabbelten sie den Weg in Richtung Grafton
Street und waren etwa vierzig Minuten vor dem
vereinbarten Termin dort. Es war niemand hier,
wenn man nicht die merkwürdig torkelnden
Menschen, die von Zeit zu Zeit an Molly vorbei
stolperten, in Betracht zog. Doch diese
kümmerten sich nicht um die Ratten, so dass
von Ihnen offensichtlich keine Gefahr ausging.
Als die Ratten das nähere Umfeld
ausgekundschaftet hatten, befahl der
Rattenkönig:
„Es ist nichts verdächtig, ich denke, wir können
den Katzen vertrauen. Lasst uns also abwarten."
Die Katzen waren pünktlich, doch wahrnehmen
konnte man nur den Hauptmann. Mit Stolz

erhobenem Kopf und majestätisch in die Luft
ragendem Schwanz trabte er aus der Richtung
des Stevens Green auf die Molly Malone zu.
Brandon lief ein Schauer über den Rücken, als
er diesen stolzen Kater sah. Er wirkte noch
mächtiger, als er ihn in Erinnerung hatte. Als er
nahezu bei Molly angelangt war, war auch seine
Narbe zu erkennen.
‚Es wäre wirklich gut, wenn er unser
Verbündeter würde’, dachte Brandon.
Um kein Misstrauen zu erregen, trippelte er
unter der Molly hervor und bewegte sich ein
paar Meter auf Kevin zu. Er fühlte den
stechenden Schmerz in seinen Lenden, doch er
versuchte nicht daran zu denken. Der Kater
trabte unbeeindruckt auf ihn zu. Als er die Ratte
erreichte, stoppte er und setzte sich unvermittelt
vor sie, er verlor keine Zeit.
„Du hast einen Vorschlag?“
„Ein Angebot“, sagte Brandon, „du kennst den
Winston?“
„Den vom GPO? Natürlich, ein zäher Bursche,
und clever. Hat mir schon so manches
Schnippchen geschlagen, der kleine Saukerl.“
Zufrieden antwortete Brandon:
„Dann wird es dir nicht ungelegen kommen,
wenn ich ihn dir ans Messer liefere, gratis
sozusagen.“

Kevin leckte sich genüsslich das Maul.
„Keineswegs, wird mir ein Vergnügen sein. Wie willst du das aber anstellen?"
„Mal langsam", sagte Brandon, „eine kleine Bedingung muss ich dir schon stellen, nicht viel, aber es sollte schon gesagt werden."
Der Kater begann gemächlich sein Fell zu lecken, hielt dann abrupt inne und raunte:
„Na, dann nenn deine Bedingung." Brandon hielt es nun für angebracht, ebenfalls etwas Eindruck zu schinden. Deshalb sagte er zu seinem Adjutanten gewandt:
„Cathel, unterbreite dem Hauptmann unsere Vorstellungen."
Der Adjutant schreckte aus seiner Apathie, in die er seit der Begegnung gesunken war, nicht ahnend, dass ihm das Wort erteilt würde.
„Ähem", begann er etwas verlegen und ein bisschen verwirrt, „nun ja." Er räusperte sich und hob an:

„Nun, was Majestät meinen, äh, ich meine, Majestät sagt, dass da eine Bedingung ist."
Der Kater würdigte den Adjutanten keines Blicks. Zu Brandon gewandt fauchte er:

„Das sagtest du bereits, Brandon!" Der König zischte seinen Adjutanten an:

„Das sagte ich ihm bereits, erkläre dem
Hauptmann die Bedingung."
Der Adjutant hatte sich mittlerweile gefangen
und begann ohne Umschweife.
„Majestät bieten Ihnen an, den Fürsten Winston
nebst seinen Soldaten in eine Falle zu locken, in
der es für Sie, Herr Hauptmann, kein Problem
mehr sein wird, ihn zu vernichten. Majestät
erbitten sich dafür die Hoheit über die
Kanalisation beim GPO. Damit könnte er das
ganze Gebiet nördlich der O'Connell Street
kontrollieren. Da Katzen und Ratten in den
allermeisten Fällen unterschiedliche Bedürfnisse
haben, ließe sich das Ganze so einrichten, dass
wir uns nicht ins Gehege kommen. Die Punkte,
die gemeinsame Interessen tangieren, müssten
vertraglich geregelt werden, aber das sind nicht
viele. Wir bieten Ihnen an, diese Regelung als
Gegenleistung ganz den Katzen zu überlassen.
Wir sehen darin keine Hindernisse für ein
Abkommen."
Der Adjutant hatte seine kleine Rede
abgeschlossen und sank wieder in sich
zusammen. Brandon war zufrieden, besser hätte
er es auch nicht vortragen können. Er blickte
Kevin erwartungsvoll an. Der Kater begann
wiederum genüsslich sein Fell zu lecken. Er
vollzog das Ritual jetzt wesentlich ausführlicher.

Der Rattenkönig wurde ein wenig nervös, sein
Fell sträubte sich und seine Schwanzspitze
begann zu zittern.
„Nun, Hauptmann", unterbrach er die Stille.
Doch Kevin ließ sich von seinem Waschvorgang
nicht ablenken. Er hatte sein Fell nun bis zu
seinem Schwanz bearbeitet. Brandon lief
aufgeregt hin und her, bis der Hauptmann
plötzlich sagte:
„Schildere mir deinen Plan."
Der Rattenkönig blieb gespannt stehen und
fragte:
„Heißt das, sie sind einverstanden?"
„Wir werden sehen", sagte der Kater und begann
seine Pfoten zu lecken. Brandon fand, dass nun
nicht mehr die Zeit für repräsentatives Gehabe
sei und begann nun höchstpersönlich und ohne
Umschweife den Plan zu erläutern:
„Ich fordere Winston zu einem finalen Kampf
heraus, einen Kampf, der dem Sieger die
Herrschaft über die Kanalisation im gesamten
Dubliner Zentralbereich einräumt. Ich werde für
das Gefecht ein Gebiet aussuchen, in dem
Winston sich überlegen meint, er kann ein
solches Angebot nicht ungenutzt lassen. Es liegt
weit in dem von ihm kontrollierten Bereich, in
der Wolfe Tone Street. Dort wird er sich sicher
fühlen. Wir werden in der Nacht offen von der

O'Connell Street in die Mary Street einziehen, Winston und seine Schergen werden uns ungestört kommen lassen, aber alle Mannen damit beschäftigt haben uns zu beobachten. Es wird ihm ein Leichtes sein, vom GPO beginnend unseren Rückweg zu verschließen, so dass wir anschließend in der Falle sein werden. Diese Gelegenheit lässt Winston sicher nicht ungenutzt. Hier kommt nun die Gelegenheit für euch Katzen. Winston wird den Zugang vom Liffey über die Channel Street nicht beobachten lassen, weil er uns offen von der O'Connell Street einziehen sieht. Unser Bündnis wird er nicht im Traum für möglich halten, so dass er sich unschlagbar fühlen wird. Wenn Winstons Spione uns vom Liffey in die O'Connell Street ziehen sehen, wird der Fürst alle Beobachter in den übrigen Einzugsgebieten abziehen. Ihr könnt dann ungesehen zur Wolfe Tone Street kommen und bereits vor uns am Ort sein. Dort könnt ihr euch verstecken und abwarten, bis ich mit meinem Heer einziehe. Winston wird die andere Richtung aus der Wolfe Tone Street heraus abriegeln lassen, so dass für uns kein Ausweg mehr bleibt. Du kannst diese Riegel-Einheit durch einige deiner Soldaten beseitigen lassen, so dass diese Straße nunmehr kein Entkommen mehr für Winstons Leute zulässt.

Wir werden leichtes Spiel haben. Eine Stunde später wird es Winston und seine Ratten nicht mehr geben. Wir beide, du und ich, werden uneingeschränkte Herrscher über Dublins Zentrum sei, du in der oberen, ich in der unteren Welt."

Der Rattenkönig hatte seinen Plan nun vollends unterbreitet und starrte Kevin erwartungsvoll an. Der hatte nicht aufgehört, seine Pfoten zu lecken und machte auch keine Anzeichen, dass er das in absehbarer Zeit tun wolle. Er blickte nicht einmal auf, nach dem Brandon geendet hatte. Nach einer ungeduldigen Weile sagte Brandon: „Na und?"

Kevin beendete plötzlich sein Leck-Ritual und raunte:

„Wir werden sehen, ich gebe Bescheid."

Unvermittelt erhob sich der Kater und trabte die Grafton Street hinauf. Brandon blickte seinen Adjutanten verwundert an:

„Dieser arrogante Kater", schrie er, „was soll die Show. Bei dieser Gelegenheit kann er doch nicht nein sagen wollen."

„Hat er doch auch nicht."

„Das stimmt, aber warum zögert er? Da gibt es doch nichts mehr zu überlegen."

„Diplomatische Taktik", vermutete der Adjutant, „sie wissen doch, wie Katzen sind."

Die Katzen spannten den Rattenkönig drei Tage
lang auf die Folter. Gegen Abend des dritten
Tages traf ein Bote des Hauptmanns bei
Brandon ein und richtete ihm aus, dass sein Herr
einverstanden sei und den König bitte, das
Kampftreffen mit dem Fürsten vom GPO zu
veranlassen. Er benötigt dann den genauen
Zeitplan mindestens drei Tage vor diesem
Termin.

Man konnte sich jetzt als Verbündete betrachten.
Brandons Rattenherz machte einen freudigen
Sprung, als er den Pakt mit den Katzen so unter
Dach und Fach sah. Vielleicht schon in der
nächsten Woche wird er der unangefochtene
Herrscher über die gesamte Kanalisation der
Dubliner Innenstadt sein. Gerade der Bereich
der Mary Street hinter dem GPO war ein
Schlaraffenland für Ratten, weil hier täglich
Marktstände aufgebaut werden, von denen die
größten Köstlichkeiten herunterfielen. Die
mühsame Nahrungsbeschaffung unter
Lebensgefahr durch Eindringen in die
Wohnhäuser würde entfallen. Dort am Markt
konnten Ratten nahezu unbehelligt fressen. Der
Gedanke daran versetzte Brandon in einen
traumwandlerischen Zustand. Nachdem er lange
Zeit in diesen Erwartungsvorstellungen
geschwelgt hatte, rief er Cathel, seinen

Adjutanten, zu sich, dieser kam sofort. Er bemerkte sofort die gute Stimmung des Chefs und erlaubte sich daher, das übliche Unterwürfigkeits-Ritual zu unterschlagen, zumal der König ohne Umschweife begann:
„Schau mich an, Adjutant. Vor dir steht der künftige Alleinherrscher über Dublin City." Cathel hielt es für angemessen, nun doch eine leichte Geste der Loyalität zu zeigen. Der König nahm sie gnädig entgegen und sagte:
„Du mein treuer Adjutant wirst mich verraten."
„Aber Majestät", sagte Cathel entrüstet.
„Lass mich ausreden, mein Freund. Du wirst mich natürlich mit meinem Einverständnis hintergehen. Ich habe dir bisher noch nicht den ganzen Plan erzählt, ich musste mich zunächst deiner Loyalität versichern. Also höre zu:
„Du wirst noch heute Nacht mit meinem stellvertretenden Truppenkommandanten zu Winston überlaufen. Ihr werdet ihm sagen, ihr hättet euch in wichtiger Angelegenheit von mir beurlauben lassen, damit ich keinen Verdacht schöpfe. Begründet euren Verrat mit meinem irrsinnigen Plan, einen aussichtslosen Angriff gegen den Herrscher des GPO zu führen. Wir planen, in der Nacht des dritten Tages, ab heute, in das feindliche Gebiet einzudringen, um es zu besetzen. Verrate ihm unseren Einzugsweg und

die Zeit. Wir werden in den nächsten Tagen vereinzelt Kundschafter ausschicken, die ihnen die Ernsthaftigkeit unseres Planes verdeutlichen sollen. Falls sie irgendeinen Zweifel wegen eures Überlaufes hegen sollten, dürfte er damit ausgeräumt werden. Ihr werdet darauf hinarbeiten, dass Winston all seine Truppen auf unseren Weg konzentriert, und sie später in die Wolfe Tone Street abziehen. Gebt ihnen strategische Hinweise, die ihnen scheinbar zum Vorteil gereichen, tatsächlich aber uns nützen. Erwähnt auf keinen Fall die Katzen. Von unserer Trumpfkarte dürfen sie nichts erfahren. Niemand außer uns beiden, dem Kommandanten und dem stellvertretenden Kommandanten kennt unseren Plan. Damit ist sichergestellt, dass nichts durchsickern kann. An diesen Befehl seid ihr gebunden, bis die Katzen in Erscheinung treten. Dann werdet ihr spektakulär wieder zu uns überlaufen.“ Cathel war von der Gerissenheit seines Königs ehrlich beeindruckt. „Grandios“, sagte er, „einfach genial. Damit werden wir sicher zu den alleinigen Herrschern im Reich.“

„Noch etwas: Wenn ihr eure Sache gut macht, werde ich euch zu Statthaltern ernennen, du bekommst das Gebiet West-Liffey und der Stellvertretende Ost-Liffey. Du siehst also, es

lohnt sich für euch, listig zu sein. Du erhältst hiermit also offiziell den Auftrag für diese Mission. Der Stellvertretende ist bereits informiert. Bewahrt inzwischen auch Stillschweigen über die bevorstehende Beförderung, diese könnte den Kommandanten missmutig machen, da er eine derartige Beförderung eher angemessen für sich als für seinen Stellvertreter hält. Der Kommandant ist zwar ein guter Soldat, ich glaube aber, dass du der bessere Statthalter sein wirst. Ich möchte keinen Konflikt vor der Schlacht. Nachher muss er meine Entscheidung einfach akzeptieren."
„Kein Wort", versicherte der geschmeichelte Adjutant, „Majestät werden wie immer voll zufrieden mit mir sein."
„Das will ich meinen", sagte der König, „du bist jetzt für deinen Auftrag entlassen."
Mit doppelter Ehrerbietung verabschiedete sich Cathel.
„Noch etwas", rief der König dem Adjutanten nach, „unterrichte den Katzenhauptmann von unserem Zeitplan, damit er pünktlich zur Stelle ist."
„Kein Problem, das wird unmittelbar erledigt", sagte der zukünftige Statthalter und verschwand.
Die Tage vergingen wie im Fluge, und das war auch gut so. Brandon konnte den Tag der

Schlacht kaum erwarten. Wie geplant hatte er Kundschafter in das feindliche Gebiet geschickt, und diese waren unbehelligt geblieben. Cathel und der Stellvertretende leisteten also ganze Arbeit. In dieser Zeit herrschte eine gespannte Stille, und wenn man auf eine feindliche Ratte traf, so war diese höflich zurückhaltend, beinahe freundlich. Auf der anderen Seite fieberte man also auch der Schlacht entgegen. Brandons Plan ging voll auf.

Endlich war der Tag gekommen. Der Rattenkönig hatte von Kevin noch die Nachricht erhalten, dass die Katzen pünktlich zur Stelle sein würden, nichts war dem Zufall überlassen. Gegen Abend, zu der Zeit, als der Abendstern aufging, versammelten sich die Truppen des Rattenkönigs am Nordufer des Liffey vor der O'Connell Street. Es war ein gewaltiger Aufmarsch. Brandon war stolz, als er sein Heer sah, bewegt in der Vorstellung, am Ende dieser Nacht der uneingeschränkte Herrscher dieser Stadt zu sein. Nichts konnte sich seinem glorreichen Sieg mehr entgegenstellen, und in diesem Bewusstsein trippelte er mit erhobenem Haupt vor der Front seiner Soldaten. Die wenigen Menschen, die zu dieser Zeit noch vorbeizogen, ekelten sich, als sie den Aufmarsch der Ratten sahen. Es musste etwa eine Stunde

nach Mitternacht gewesen sein, als der
Kommandant des Königs den Befehl zum Start
gegeben hatte. Der König hielt sich hinter ihm
und seinen Offizieren, der Marsch durch die
O'Connell Street setzte sich in Gang. In
gemächlichem Tempo schoben sie sich bis zum
GPO, bogen auf feindliches Gebiet in die Mary
Street und trabten fast wie eine Wandergruppe
auf die Wolfe Tone Street zu. Sie blieben, wie
erwartet, unbehelligt. Die Offiziersgruppe
erreichte endlich die O'Connell Street. Es war
ihnen etwas mulmig. Deshalb verharrten sie
einen Moment, bevor sie den Befehl zum
Einmarsch gaben. Es ging jetzt alles sehr
schnell. Sobald Brandons Truppen vollends in
die Wolfe Tone Street einmarschiert waren,
kamen feindliche Ratten von Winstons Truppen
aus nahezu allen Winkeln und Häusern.
Innerhalb von wenigen Minuten waren die
Ratten Brandons eingeschlossen. Es begann ein
fürchterliches Gemetzel, tausende von Brandons
Soldaten wurden von den gegnerischen Ratten
tot gebissen. Brandon fragte sich, wo die Katzen
bleiben, es war doch alles abgesprochen. Doch
dann sah er seinen Adjutanten. Cathel feuerte
die gegnerischen Truppen an, mit Mühe kämpfte
sich Brandon zu ihm durch.

„Was machst du? " Brandon ist sehr wütend.
„Ich führe Ihren Befehl aus", sagte Cathel, „ich hintergehe Sie, bis die Katzen kommen."
„Aber sie kommen nicht", schrie der König.
„Befehl ist Befehl", antwortete der Adjutant.
„Aber ich befehle dir jetzt, auf unserer Seite zu kämpfen."
„Dem kann ich keine Folge leisten, der erste Befehl lautete, so lange Winston zu dienen, bis die Katzen zuschlagen. Die Katzen haben aber noch nicht zugeschlagen, deshalb muss ich noch warten."
„Aber der Befehl war von mir, ich kann ihn wieder aufheben."
„Nicht in diesem Moment, ich bin an den ersten Befehl meines Königs gebunden, der durch nichts auf der Welt aufgehoben werden kann."
Brandon konnte gerade noch begreifen, wie verheerend blinder Gehorsam sein kann, doch diese Einsicht kam zu spät. Er hatte nicht mehr die Gelegenheit, weiter darüber nachzudenken. Sein Erzfeind Winston sprang in diesem Moment auf seinen Rücken und schlug seine Zähne in seinen Nacken. Er wehrte sich mit aller Kraft und schaffte es, den Rattenfürsten abzuschütteln. Blutend rannte er zurück in die Richtung zur Mary Street. Er sah, wie sein Heer aufgerieben wurde. Er musste verschwinden.

Dieser Kampf war nicht zu gewinnen, denn die Gegner waren in der Überzahl. In diesem Moment sprangen plötzlich Hunderte von Katzen aus den umliegenden Häusern. Brandon hielt inne, eine neue Hoffnung flackerte in ihm auf. Die Katzen hatten sich nur verspätet und das Blatt konnte sich noch einmal wenden. Mit ihnen gemeinsam würden sie trotz der geschlagenen Wunden noch siegen. Sich wieder als glorreicher Herrscher fühlend, trabte er zurück in das Gemetzel der kämpfenden Ratten. Er fand seinen Adjutanten und rief ihm zu:
„Die Katzen sind hier."
Der Adjutant sagte:
„Majestät können sich auf mich verlassen", als ihn der Prankenhieb einer Katze niederstreckte. Brandon sah entsetzt, wie sich die Katzen auf alle Ratten stürzten, unabhängig, welcher Gruppe sie angehörten. Er sah, wie sein stellvertretender Kommandant von einem übermächtigen Kater tot gebissen wurde. Im nächsten Moment stürmten Hunderte von Menschen aus den Häusern der Wolfe Tone Street. Sie hielten Bretter in den Händen, an dessen Enden je ein langer spitzer Nagel herausragte, sie schlugen auf alle Ratten ein. Brandon erkannte das grausame Spiel dieser fürchterlichen Waffen.

’Wir Ratten müssen uns verbünden’, dachte
Brandon. Diese Einsicht kam zu spät. Ihn traf
ein spitzer Schlag in die Lende, der eiserne Dorn
drang tief in seinen Leib. Brandon nahm noch
wahr, dass ein böser aussehender Mann, es war
der Bibliothekar vom Liffey, das Brett mit
einem gewaltigen Schwung anhob, und er am
Nagel in die Luft gerissen wurde. Dann wurde
es dunkel um ihn herum.

Als Brandon erwachte, graute bereits der
Morgen. Das Erste, was er wahrnahm, waren
Menschen, Männer, die alle gleich auszusehen
schienen. Sie trugen Besen und Schaufeln;
neben ihnen fuhr ein großes Auto. Brandon sah,
wie diese Männer sein totes Heer und die
ehemals gegnerischen Soldaten des Fürsten
Winston auf Schaufeln nahmen und in den
großen Wagen warfen. Das alles konnte er durch
den Spalt zweier Bretter einer Kiste sehen, in die
er irgendwie gelandet war. Brandon musste
verschwinden, bevor die Menschen ihn
entdeckten. Mit Mühe, sein ganzer Leib
schmerzte, kroch er über den glücklicherweise
nicht zu hohen Rand der Kiste und lief an einer
Hauswand entlang, bis er an eine Tür gelangte,
die einen Spalt offenstand. Hier huschte er
hinein, niemand schien hier zu sein. Sofort
erkannte er den Schrank, der so weit von der

Wand stand, dass er hinter und unter ihn
krabbeln konnte.

Es war finster, nichts konnte er erkennen, doch
er spürte und roch Ihn. Das Schicksal hatte es
gefügt, dass auch Winston als Einziger, außer
ihm, dieses Gemetzel überlebt und sich in das
gleiche Versteck geflüchtet hatte. Wie zwei
gehetzte Hähne gingen beide aufeinander los.
Der Fürst schlug dem König seine scharfen
Zähne in die Schulter.  Sich selbst eine tiefe
blutende Wunde reißend, konnte er sich
befreien. Blitzschnell schnappte Brandon mit
weit aufgerissenem Maul die Kehle seines
Feindes und biss mit aller Kraft zu. Er spürte das
warme Blut seines verhassten Gegners in seinen
Rachen fließen, er ließ erst los, als Winston
keine Regung mehr zeigte.
Brandon sank tödlich verletzt auf die Seite. Sein
ganzer Körper schmerzte, als würde er von zehn
Katzen zerfleischt.

Endlich hatte er es geschafft, er war der
uneingeschränkte Herrscher über die
Kanalisation der Stadt. Trotz des Betrugs der
Katzen war er nun für einen Augenblick der
unangefochtene Rattenkönig von Dublin.

**Vergänglichkeit der Macht (Italienisches Sonett)**

Die süße Macht, begehrt als ganze Frucht,
Erfüllt den Traum, der ihm die Liebe nahm;
Wenn auch ertrinkend schon an seiner Sucht,
Erliegt der Herrscher seinem trüben Wahn.

Die Gier in ihm, die Freund und Feind nicht kennt,
raubt Atem ihm in trügerischer Lust,
Erstickt das Sehnen, das in ihm noch brennt,
Die Liebe stirbt in seiner kranken Brust.

Die Täuschung reißt ihn in das Spiel der Macht,
dem einzig er den Zoll der Liebe bringt.
Mit falschen Freunden zieht er in die Schlacht,
Bevor der Narr im grauen Nichts versinkt.

Im Sterben noch erliegt er irr dem Schein,
Bevor er abstürzt in das Nichts des Seins.

**Geheimnis des Lebens (Lyrik)**

Das Leben ist eine Kugel,
auf deren Oberfläche wir leben.
Wir haben alle Freiheit,
uns auf dieser Oberfläche zu bewegen.
Manchmal kreuzen wir Punkte,
die wir schon berührt haben,
das Déjà-vu.
Doch wissen wir nichts von der Tiefe dieser Kugel,
sie liegt außerhalb unseres Vorstellungsvermögens.
Wir begreifen nicht,
dass der Mittelpunkt nicht in unserem Leben liegt,
sondern in dieser Tiefe.

# Das Wichtelmännchen und der Chamäleone

Was ist der Unterschied zwischen Träumen und Illusionen", leitet George seine letzte Geschichte ein. Es scheint sein Lieblingsthema zu sein.

„Für viele Menschen ist es schwer, zwischen ihnen zu unterscheiden. Beides sind Vorstellungen von einer Welt, wie sie sein könnte, aber noch nicht ist. Während Träume aber verwirklicht werden können und sehr oft zielführend sind, führen Illusionen nie zum Ziel. Beides kann zeitweise gleichermaßen Glücksgefühle auslösen, wenn man sich einen zukünftigen erstrebenswerten Zustand vorstellt. Der Träumer kann seinen Traum verwirklichen, der Illusionist aber nie, er reitet, wie man so schön sagt, ein totes Pferd und hofft, dass es ihn zum Ziel bringt.

In meiner jetzigen Geschichte gibt es einen ganz gemeinen Bösewicht, der den Menschen die Träume abschwatzt und sie mit Illusionen überhäuft. Der Zuhörer möge selbst entscheiden, ob es das nur im Märchen gibt."

* * *

Es war einmal ein kleines Wichtelmännchen das glaubte, alle Menschen sind böse. Da es sich selbst für gut hielt, litt es sehr unter diesen Umständen, zumal es nur klein und schwach war und gegen all diese Bösen allein nichts auszurichten vermochte. So entschloss es sich, vor der Welt und den bösen Menschen zu flüchten. Von einer Hexe besorgte es sich einen Zaubertrank, der es für die Menschen in seiner Gestalt unsichtbar machte und es in einen tiefen Schlaf mit schönen Träumen versetzte. Als das Männchen zum ersten Mal von diesem Trunk nahm, träumte es sich zu einem großen starken Mann herangewachsen, der sich fortan unter die Menschen wagen könne.

In Wirklichkeit schlief das Wichtelmännchen aber nicht, sondern verwandelte sich in einen großen bösartigen und selbstsüchtigen Chamäleonen.

Ein Chamäleone ist ein menschenähnliches Wesen, das je nach Belieben und Zweckmäßigkeit einen scheinbar lieben und gutmütigen bzw. bösen intriganten Charakter annehmen kann.

Der Traum gaukelte dem Männchen vor, dass es gut sei und in der Gestalt eines Menschen den Menschen das Böse nehmen könne. Tatsächlich aber ging der Chamäleone zu ihnen, um Hass und Zwietracht zu verbreiten und ihre Träume zu stehlen. Mit List, Hinterhältigkeit und Tücke gelang es ihm, sich von den meisten die Träume anzueignen, sie waren nämlich der Preis, den die Hexe für den Zaubertrank verlangte.

Als die Wirkung des Zaubertrankes nachließ, fühlte der Chamäleone die Schwächen des Wichtelmännchens in sich zurückkehren. Daher zog er sich mit den erbeuteten Träumen zurück.

Der Chamäleone verwandelte sich wieder in das Wichtelmännchen. Obwohl der erlebte Traum sehr schön war, bemerkte es, dass irgendetwas nicht stimmte, es fühlte sich schlecht und elend. Doch da erschien die Hexe und versprach, dass es ihm bald besser gehe, wenn es ihr nur die mitgebrachten Träume übergeben würde. Ohne Argwohn überließ das Männchen ihr diese, hatten sie für ihn doch keinen Wert, denn an den Chamäleonen gab es für ihn kein Gedenken.

Es bekam alsbald einen neuen Trunk von ihr, gierig schluckte es diesen herunter und fiel wiederum in einen tiefen Schlaf. Auch dieses Mal träumte das Männchen einen schönen Traum, doch dieser war längst nicht mehr so schön wie beim ersten Mal. Es sah sich wieder in einen stattlichen Mann verwandelt, zu den

Menschen gehend und ihnen vor Augen führend, wie böse sie seien. Man solle sich doch ein Beispiel an ihm nehmen, der nur Gutes beabsichtige und sie, die Menschen, von der Bos- und Lasterhaftigkeit befreien wolle. Doch die Menschen lachten ihn aus und sagten, er solle sich zum Teufel scheren und dort sein Glück versuchen.

In Wirklichkeit schlief das Wichtelmännchen natürlich wieder nicht, sondern hatte sich in diesen boshaften Chamäleonen verwandelt, nur, dass er noch ein bisschen intriganter und hinterhältiger war als beim ersten Mal. Als er in die Stadt ging, traf er als Erstes die Menschen in den Lowlands, denen er bisher noch nichts Böses angetan hatte. Er war sehr charmant und liebenswürdig zu ihnen gewesen, das konnte er trotz seiner Boshaftigkeit, denn er war ja ein Chamäleone. Diese Menschen mochten ihn deshalb noch und so war es kein Wunder, dass sie ihm blindlings vertrauten.

Da waren aber auch die anderen in den Highlands, die er damals besucht hatte, bevor er zu den Lowlandern ging. Mit listigen und hinterhältigen Versprechungen hatte er ihnen ihre Träume abgeschwatzt. Da ihm diese aber noch nicht ausreichten, hatte er sie auch dazu überredet, sich weitere Träume bei seinen jetzigen Freunden, den Lowlandern, auszuleihen. Er brauche sie nur kurz, sagte er ihnen, und er werde sie den Lowlandern persönlich am nächsten Tag zurückbringen. Er hatte gegenüber den Lowlandern jedoch behauptet, die Highlander würden die Schuld selbst begleichen und in diesem Glauben ließ er sie zurück. Seit damals war bereits einige Zeit vergangen und er hatte keine Träume mitgebracht. Die Menschen in den Highlands fürchteten, ihre Träume nie wiederzusehen, hofften jedoch, dass er zumindest die Schuld bei den Lowlandern ausgeglichen hatte. Da sie auch ihre eigenen Träume gerne wieder gehabt hätten, machten sich die Highlander auf den Weg in Richtung Lowlands.

Die High- und Lowlands sind durch einen See getrennt, der nur von einer Fähre befahren wurde. Aus diesem Grunde tauschten sich die Bewohner ihre Informationen im Allgemeinen durch Rufen aus, was von einem besonderen Echo transportiert und verändert wurde. Als die Lowlander hörten, dass sich die Highlander am entlegenen Seeufer versammelt hatten, machten auch sie sich auf den Weg zum diesseitigen Ufer. Um dieses zu erreichen, mussten sie am Ende einen gefährlichen Hang hinabsteigen.

Deshalb nahmen sie das Angebot des Chamäleonen dankbar an, er hatte sich bereit erklärt, für sie den Abstieg zu wagen, um ihr Sprachrohr zu sein.

Nun war es so, dass man oben nur eine vom Echo verfälschte Version des Zurufes empfangen konnte. Dieses war dem Chamäleonen wohl bekannt, listig, wie er war, konnte er dieses zu seinem Vorteil nutzen. Unten am Seeufer angekommen, rief er den Highlandern zu:

„Habt ihr die Träume meiner Freunde?"

Er rief es gerade so laut, dass die Lowlander oben die Frage verstanden. Zum anderen Ufer gelange aber ein durch das seltsame Echo invertierter Satz:

„Meine Freunde haben die Träume." Deshalb rufen sie zurück:

„Hast du auch unsere? So soll der Fährmann sie uns bringen." Die Lowlander oben auf der Hangschulter verstanden nur „Fährmann" und „bringen". Sie fragten den Chamäleonen und dieser antwortete:

„Sie sagten, der Fährmann wird sie euch bringen."

Der Fährmann Aideen McCoilté war ein echter
Ire und gottesfürchtig. Er lebte in den Midlands,
ihn kümmerten die Angelegenheiten der High-
und Lowlander nur wenig. Außerdem war
Freitag und freitags hatte der Fährmann frei:

„Wenn Gott diesen Tag Freitag genannt hat, so
weiß er auch warum", pflegte Aideen immer zu
sagen, denn er hatte zwei Jahre in Deutschland
gearbeitet und sich die deutsche Bedeutung der
Wochentage gerne zu Eigen gemacht.

Der Chamäleone wusste natürlich, dass Aideen
freitags nicht fuhr, und so blieb seine Intrige für
diesen Tag unentdeckt. Man einigte sich auf den
Dienstag, um den Fährmann zu beauftragen,
weil Dienstag überhaupt der einzige Tag war, an
dem Aideen seine Fähre bewegte. Aideen hatte
hieb- und stichfeste Gründe: Samstag und
Sonntag ist Wochenende, und dann arbeiten
doch nur die Verrückten, und verrückt war
Aideen McCoilté beileibe nicht. Am Montag
machte Aideen blau, denn für einen Iren ist der
blaue Montag so etwas wie ein Nationalfeiertag,
so argumentierte er zumindest. Der Mittwoch ist
zu ehren wie das Wochenende. Es gibt keinen
vernünftigen Grund anzunehmen, dass die Mitte
der Woche nicht eben so gefeiert werden sollte
wie das Wochenende, hätte man sich sonst die

Mühe gegeben, dieses Ereignis namentlich als Wochentag festzulegen? Tatsächlich zelebrierte Aideen den Mittwoch besonders ausgiebig. Da der Mittwoch quasi ein Sonntag war, war der Donnerstag so etwas wie ein Montag. Donnerstags zu arbeiten war vergleichbar mit der Schändung des blauen Montags. Außerdem ist der Donnerstag der Tag des Donners und jeder weiß, wie gefährlich es ist, bei Gewitter auf dem Wasser zu arbeiten.

Hinter vorgehaltener Hand -man wollte es sich mit ihm nicht verscherzen – sagten viele, das Aiden einfach nur faul ist. So ganz kann man es nicht von der Hand weisen, aber, das sollen andere entscheiden.

Am Dienstag aber arbeitete Aideen McCoilté jedes Mal wie ein Besessener.

„Wenn Gott diesen Tag Dienstag genannt hat, so wird er seinen Grund gehabt haben. Hätte er aber gewollt, dass wir auch an anderen Tagen arbeiten, so hießen all diese Tage Dienstag. Da es aber nur einen gab, musste folglich nur an diesem Tag Dienst geleistet werden. Das war ein Modell, mit dem Aideen gut leben konnte.

Es gab also keinen Weg, den Fährmann zu bewegen, die Träume vor Dienstag zu transportieren. Das alles wusste natürlich der Chamäleone, und darauf konnte er sein Intrigengeflecht gut spinnen. Bis Dienstag würde ihm etwas einfallen und so ließ er die High- und Lowlander in dem Glauben, dass der Fährmann ihnen am Dienstag ihre Träume bringe. Alle waren zufrieden und fieberten dem Dienstag entgegen.

Der Chamäleone bemerkte, wie der Zaubertrank nachließ und die Schwäche des Wichtels von ihm Besitz ergriff.

Als das Wichtelmännchen erwachte, fühlte es sich sehr elend. Die Träume von seinen guten Taten befriedigten es nicht. Schemenhaft drängten sich die Erlebnisse des Chamäleonen in sein Hirn, ohne dass ihm bewusst gewesen wäre, was sich da andeutete, es fühlte aber, dass es nicht gut war. Das Männchen konnte die erlebten Träume und die sich aufdrängenden Erinnerungen an seine Erlebnisse als Chamäleone nicht einordnen und verfiel in eine tiefe Depression. Der Gute aus seinen Träumen und der Chamäleone begannen in ihm zu kämpfen, doch das Männchen war zu schwach, diesen inneren Kampf zu verkraften. Es spürte, dass es nie wieder diesen Zaubertrank zu sich nehmen durfte, wusste dennoch, dass es zu schwach wäre, ihn abzulehnen. Deshalb beschloss es zu sterben. Als es diesen Entschluss gefasst hatte, ging es ihm umgehend besser. Die Depression wich und in diesem Moment erschien die Hexe.

Das Wichtelmännchen lehnte den angebotenen Zaubertrank ab, da es beschlossen hatte, zu sterben.

„Ha", sagte die Hexe, „das ist gerade recht; denn, wenn du eh beschlossen hast zu sterben, kannst du nichts verlieren. Ich mische dir den Trunk etwas kräftiger, so dass du noch einmal besonders schöne Träume haben wirst. Den einzigen Lohn, den ich verlange, sind deine verbrauchten Träume, wenn du wieder aufgewacht bist."

Die Argumente der Hexe überzeugten das Männchen, und zudem verspürte es ein unstillbares Verlangen nach diesem Trunk. Die Hexe braute einen Sud, der um ein Vielfaches stärker war als der bisherige. Dieses Mal wollte sie Einfluss nehmen, sobald der Chamäleone erwachte.

Als das Männchen den dargebotenen Becher bis zur Neige geleert hatte, fiel es in einen solch tiefen Schlaf, wie es ihn vorher nie erlebt hatte.

Im Traum erwachte es als ein Mann, stark und selbstbewusst. Dieses Mal war er sicher, dass er die Menschen ändern könne. Mit diesem Bewusstsein zog er in die Welt, um sein Werk zu vollenden.

Tatsächlich aber erwachte der Chamäleone bösartiger, intriganter und hinterhältiger, als er je war. In diesem Zustand fing die Hexe ihn ab.

„Ich muss mir dir reden, weil dein anderes Ich im Begriff ist, eine Torheit zu begehen. Ich habe den Zaubertrank dieses Mal so kräftig gemacht, dass du dich nicht wieder in dieses armselige Wichtelchen zurück verwandeln musst, denn das wäre dein sicherer Tod. Wir haben morgen Dienstag und du hast deine Verabredung. Gehe hin und bringe mir all ihre Träume, keinen darfst du zurücklassen. Das ist der Preis für dein neues Leben. Ich lasse dich aber nicht mit leeren Händen ziehen. Ich gebe dir einhundert Pferde, vollgeladen mit Illusionen. Bringe sie den Menschen, sage ihnen, es seien ihre Träume mit Zins- und Zinseszins. Die Menschen merken den Unterschied nicht, wenn überhaupt, dann sehr viel später. Es wird dir ein Leichtes sein, ihrer restlichen Träume habhaft zu werden, erwarten sie doch reichlich Profit in kurzer Zeit. Für mich sind Illusionen wertlos, so dass du großzügig

mit ihnen umgehen kannst. Verwende sie nur zu
unserem Zwecke."

Derart mit Illusionen ausgestattet, zog der
Chamäleone in Richtung der Lowlands. Vor
dem Dorf ließ er fünfzig beladene Pferde zurück
und zog mit den anderen in den Ort ein. Als er
mit den Bewohnern zusammentraf, bot er ihnen
die auf diesen fünfzig Pferden lagernden
Illusionen an:

„Diese Träume senden euch die Highlander in
Rückerstattung des Ausgeliehenen, das
darüberhinausgehende ist euer Gewinn. Sie
lassen ausrichten, dass sie immer gerne
Geschäfte euch machen werden."

Die Menge der Illusionen, die sie fälschlich für
Träume hielten, war so reichlich, dass es ihnen
die Sprache verschlug.

Mit den verbleibenden fünfzig beladenen
Pferden vor dem Dorf zog der Chamäleone zum
Ufer des Sees, der die Highlands von den
Lowlands trennte. Dort wartete bereits der
Fährmann, denn es war Dienstag. Sie luden die
Pferde auf die Fähre und begannen die Fahrt in
Richtung Highlands.

Auf der dreistündigen Fahrt versuchte der
Chamäleone auch bei Aideen McCoillté sein

Glück und bietet ihm zehn Illusionen für einen seiner Träume. Natürlich verschwieg er auch ihm, dass es sich um Illusionen handelte.

Doch Aideen winkte lächelnd ab.

„Wenn Gott gewollt hätte, dass ich mehr Träume haben sollte, als die, die er mir überlassen hat, so hätte er sie mir gegeben. Was soll ich also mit Träumen, die ich nicht nutzen kann. Slán a´bhaile[3]", sagte Aideen, damit war für ihn das Thema abgeschlossen.

Die Highlander aber waren geblendet vom vermeintlichen Reichtum. Gierig nahmen sie all die Illusionen in sich auf. In der Euphorie, die diese Illusionen bei den Highlandern auslöste, schlug der Chamäleone ihnen sein hinterhältiges Geschäft vor. Er benötige alles an Träumen, was man auftreiben könnte. Die Highlander gaben zu bedenken, dass all ihre Träume weniger sind als das, was er ihnen gebracht habe. Da der Chamäleone nicht daran interessiert war, die mitgebrachten Illusionen zurückzunehmen, sagte er:

„Ich werde mich hüten, euch den frisch erworbenen Gewinn wieder abspenstig zu

---

[3] Irisch: Komm sicher nach Hause

machen. Eure Freunde, die Lowlander, werden euch gerne behilflich sein, mir zu geben, was ich brauche. Aber auch sie sollen die Träume behalten, die ich ihnen in eurem Namen überbrachte."

Die Highlander sandten einen Unterhändler mit der Fähre zu den Lowlandern. Sieben Stunden später traf die Fähre mit dem Unterhändler wieder in den Highlands ein. Er hatte alle Träume der Lowlander mitgebracht. Es war ein Leichtes, denn die Menschen tauschten gerne ihre Träume gegen Illusionen.

Zum Schluss verließ der Chamäleone High- und Lowlands mit zwanzig Pferden, vollgeladen mit den Träumen der Menschen. Doch die Hexe sollte diese Träume nie erhalten.

Der Traum des Wichtelmännchens war dieses Mal so stark, dass sich der Protagonist des Traumes verwirklichte. Er wusste ad hoc, dass er die andere Seite zum Chamäleonen war. Er erkannte, dass nicht Gut und Böse die Menschen trennten, sondern der Irrtum über Traum und Illusion. Deshalb fasste er den Entschluss, das Chamäleonsche seines Ichs zu bekämpfen und den Menschen ihre Träume zurück zu geben. Er zog gegen den Chamäleonen in die Schlacht.

***

Einsam und verlassen liegt ein lebloses Wichtelmännchen im Wald vor dem Eingang zur Welt. Sein Traum hatte den Chamäleonen besiegt!

Der Protagonist des starken Traumes hatte ihm die erbeuteten Träume abgerungen und sie den Menschen zurückgebracht. Von den Illusionen wollten sich diese aber nicht mehr trennen. So kommt es, dass noch heute auf jeden Traum fünf Illusionen folgen.

Das Wichtelmännchen aber ist an der Überdosis des Zaubertranks gestorben.

***

## Die Schaumgeborene (Lyrische Prosa)

Ich habe das sichere Ufer verlassen.
Führerlos treibt das Traumboot in eine ungewisse
Zukunft.
Umflutet vom Zauber eines neuen Anfangs,
wage ich nicht, das Steuer zu führen.
Meine Gegenwart zerfließt im Nebelschleier,
löst sich im Schaum der verlassenen Zeit.
Als die darin Geborene zum Olymp aufsteigt,
hat ihr Liebreiz den Äther erfüllt.
Ihr Strahlen lässt das zurückgelassene Ufer im
Nichts zerrinnen.
Vertrauensvoll lege ich mich in die Hände des
schaffenden Menschenfreundes,
empfange von ihm das reinigende Feuer,
die neugeborene Kraft,
um zum Olymp emporzusteigen.

## Der Augenarzt-Ripper von Dublin

Wir saßen einmal wieder in trauter Runde am Kamin in Joyce 's Bar, als ein Mann mit einer Art Cowboyhut hereinkam, den ich hier noch nicht gesehen hatte. Die anderen schienen ihn aber zu kennen. Da raunte mir einer der Freunde zu:

„Das ist Jeremias aus Dublin und er kommt hin und wieder nach Kiltimagh, um seine Großeltern zu besuchen, die oben in den Mountains leben. Er bringt immer eine haarsträubende, aber lustige Geschichte mit. Sehen wir mal, was er heute auf Lager hat."

Nachdem Jeremias sich ein Pint Bier besorgt hatte, setzte er sich dazu. Einer fragte, was es Neues gebe.

„Das werdet ihr mir nicht glauben", begann Jeremias, aber ich habe einen Hinweis über einen Ripper aus Dublin erhalten, der lange dort sein Unwesen getrieben hat. Aber am besten, ich beginne ganz von vorn.

Vor wenigen Tagen fiel mir in der alten Bibliothek am Liffey ein vergessenes Büchlein in die Hände, das trotz seines offensichtlichen Alters noch nie von jemandem gelesen worden war. Als ich den vergilbten Deckel aufschlug, erkannte ich den Grund. Auf dem gestärkten Papier stand handgeschrieben der sonderbare Titel:

**„Musiker und Monster"**

Ich erwarb das Büchlein für 20 Pence und noch im Zug nach Claire Morris begann ich zu lesen. Sehr bald wurde mir klar, dass ich wohl in den Besitz des einzigen und originalen Exemplars eines Buches über die Geschichte von Brandon dem Ripper gelangt war."

Dann erzählte Jeremias, der auf der Zugreise das ganze Buch gelesen hatte.

**Der Musiker und das Monster**

Kurz nach der Jahrhundertwende ins Zwanzigste hat sich eine seltsame Mordserie ereignet, die als die Morde des Augenarzt-Rippers von Dublin in die Geschichte eingegangen sind.

Das merkwürdige an diesen Fällen war, dass ausschließlich Augenärzte Opfer des geheimnisvollen Rippers geworden sind. Die Morde ereigneten sich ausnahmslos in den Nächten zum siebzehnten März vor dem St. Patricks-Day. Am Morgen schwamm dann gewöhnlich eine aufgeschlitzte und enthauptete Leiche mit blutdurchtränktem weißem Kittel im River Liffey, obwohl seit Bekanntwerden der Tätigkeiten des Rippers in der entsprechenden Nacht die Streifen der Polizei verstärkt wurden.

Die Morde hörten eines Tages auf, wie sie begonnen hatten. Der Ripper wurde nie gefasst.

Es lebte lange Zeit vor dem ersten Mord in einem Cottage bei Enfield im County Meath der ebenso faule wie arme Farmer Seán McLought. Nun war Faulheit in diesem Teil von Irland seinerzeit kein Makel und McLought war, da er selten die verunstaltende Last von Arbeit auf sich nahm, ein gutaussehender Mann mit gutem Leumund. Seine Frau Laura war die schönste Frau im Dorf und mancher Jüngling verrenkte sich seinen Hals nach ihr, wenn sie am Morgen zur heiligen Messe ging.

Die McLoughts hatten eine Tochter mit einer Stimme, deren Klang die Gesänge der Nachtigall weit in den Schatten stellte. Jeder im Dorf kannte diese Stimme, aber nie hatte einer diese Tochter zu Gesicht bekommen, obwohl die verzauberten Burschen des Dorfes keine Gelegenheit ungenutzt ließen, einen Blick von der Stimmen-Inhaberin zu erhaschen. Wer eine solche Stimme hat, muss unglaublich schön sein.

Es war kein Wunder, dass die McLoughts ihre Tochter niemals zeigten, denn diese arme Göre war die Ausgeburt der Hässlichkeit. Es ist kaum zu beschreiben, wie hässlich Joeann war. Ihr

Gesicht glich einem riesenhaften Gecko Antlitz mit einer fortgeschrittenen Akne nach einem Unfall mit einer Dampfwalze. Mit neun Jahren war sie bereits 1,90 m groß und hatte den Körperbau eines schwangeren Orang-Utan Weibchens nach einem Crash mit einer Elefantenherde. Ihre charakteristischen Merkmale manifestierten sich noch mit zunehmendem Alter. Das Wachstum beschränkte sich aber auf den Rumpf, während die Beine bereits mit dem siebenten Lebensjahr zu wachsen aufgehört hatten. Diese etwas eigenwillige Konstruktion der Natur verlieh ihr einen eigentümlichen Gang, den ich wohl niemandem beschreiben muss. Die Hässlichkeit des Mädchens war so abgrundtief, dass der Vater es vor Grauen nie über sich brachte, sie anzuschauen. Da sie die einzige Tochter der McLoughts war, liebte ihr Vater sie trotz ihres erbarmungswürdigen Aussehens abgöttisch und mit vorwurfsbeladenem Gewissen. Der Vater vermutete nämlich den Grund für die Abscheulichkeit seiner Tochter in seinem ausschweifenden Poitínkonsum. Poitín ist ein selbst hergestellter, achtzigprozentiger Gerstenbrand, der fürchterlich schmeckt und in dem Ruf steht, blind und impotent zu machen. Der einzige Reiz dieses Gebräus bestand in der

Illegalität, denn Herstellung und Besitz dieses Sprits war streng verboten. Dennoch fehlte dieses starke Gift in kaum einem irischen Haus, weil der Konsum als eine Art Aufstand gegen die englischen Besatzer verstanden wurde und noch heute im Andenken an die Unabhängigkeit illegal zelebriert wird. Kurzum, Seán McLought glaubte an die patriotische Verkrüppelung seiner Spermien und die abgöttische Liebe zu seiner hässlichen Tochter war nicht weniger patriotisch, nur zum Anschauen konnte er sich nicht überwinden.

Was er nicht wusste: Joeann war das Resultat des einzigen Seitensprungs seiner schönen Frau Laura mit dem russischen Wrestling-Bösewicht Iwan Bornikow, der einmal in Dublin gastierte und in der Catcherszene „Iwan der Schreckliche" genannt wurde. Die Animalität dieses Unwesens hatte Laura damals sehr angezogen.

Leider hatten sich fast nur die ungünstigen Anlagen Iwan Bornikows auf Joeann vererbt. Das einzig Positive dieses Mendelschen Teufelskreises war die Stimme einer Urgroßtante Iwans, die einst die Nachtigall von Petersburg genannt wurde.

Seán McLoughts Spermien waren also nicht der Grund für die Hässlichkeit Joeanns und sie waren nicht einfach verkrüppelt, sondern wahrscheinlich bereits vor langer Zeit den patriotischen Heldentod im Poitín gestorben, was ihn selbst kinderlos bleiben ließ.

Im festen Glauben an die ungeheuerliche Weisheit, dass auf jeden Topf ein Deckel passe, rief er seine vermeintliche Tochter eines Tages zu sich.

„Du meine geliebte Tochter", hob er angewidert mit abgewandtem Gesicht an, „du sollst nach Dublin in die Schule des blinden Generalmusikmeisters Brandon Walsh gehen, der dein Talent als Sängerin ausbilden und dich zu einer großen Künstlerin machen wird."

Mit Tränen in den Augen verließ die sensible Joeann wenig später in einem Ochsenkarren ihre Mutter und den so genannten Vater. Noch während sich der ächzende Ochse mit dem schwergewichtigen Mädchen aus dem Dorf herausmühte, ergriff den liebenden Pseudovater eine Erleichterung, wie er sie seit seiner Hochzeit nicht mehr erlebt hatte. Seán sollte seine Kuckuckstochter nie mehr wieder sehen.

Nur am Rande sei hier erwähnt, dass die Spermien nicht, wie zunächst vermutet, den patriotischen Heldentod im illegalen Schnaps gestorben sind, sondern beim Anblick seiner monströsen Tochter in eine Art todesähnliche Lethargie verfallen waren, die sich erst nach dem Verlust des geliebten Monsters auflösen sollte. Es ist bekannt geworden, dass sich seine Spermien fortan permanent erholten und er später noch Vater von zwölf hübschen Kindern wurde.

Joeann McLought kam wohlbehalten beim blinden Generalmusikmeister in Dublin an. Während der völlig erschöpfte Ochse der Notschlachtung zugeführt wurde, ergriff sie ihr kärgliches Bündel und reichte Brandon Walsh ihren kleinen Finger, den dieser aufgrund der Größe für ihre Hand hielt. Ihre ersten Worte mit der Lieblichkeit ihrer Stimme bezauberten den Musikmeister dermaßen, dass er sich ad hoc in Joeann verliebte. Sie bemerkte dies sehr wohl und beschloss, sich sensibel zu verhalten und ihre Chance zu nutzen. In der folgenden Zeit kamen sie sich sehr schnell näher. Während Joeann sich musikalisch völlig hingab und ihre fast perfekte Stimme nach kurzer Zeit noch lieblicher erschallte, hielt sie sich körperlich eher zurück. Brandon Walsh war ihr vollends verfallen, so liebreizend war ihre Stimme. Für die Körperlichkeit reichte sie ihm aber nur ihren mächtigen Arm, den er für ihren Leib hielt und den er liebgewann. Beim Geschlechtsverkehr hatte sie eine Technik mit ihren Fingern entwickelt, die ihm Zeit seines Lebens nie aufgefallen wäre, wenn er nicht die folgende Katastrophe inszeniert hätte:

Der Verliebte, bezaubert von der lieblichsten Stimme, die seinem perfekten Gehör jemals untergekommen war, hatte nur den einen sehnlichen Wunsch, seine mittlerweile geehelichte Joeann einmal zu Gesicht zu bekommen. Deshalb suchte er den damals in Dublin sehr bekannten Augenarzt Marc Feerick auf, der in dem Ruf stand, seltene Augenkrankheiten, wie die des Generalmusikmeisters, heilen zu können. Was der Musiker nicht wusste. Seine Blindheit war traumatisch bedingt und durch ein frühes Erlebnis in seiner Kindheit angelegt worden. Doch der Augenarzt war ein verwunschener Psychiater und erkannte die Ursache des Leidens auf Anhieb. So dauerte es nur wenige gutbezahlte Sitzungen und Brandon verließ geheilt die Praxis.

In der Verwirrung der plötzlich visuell auf ihn
einströmenden Ereignisse kristallisierte sich
zusehends ein einziges Verlangen heraus, seiner
geliebten Joeann ins Antlitz zu schauen. Kaum
konnte er es erwarten, nach Hause zu kommen.
Schnell eilte er zur Raglan Road, wo er sein
Domizil hatte. Mit klopfendem Herzen hechtete
er die Stufen zu seiner Stube hoch und riss die
Tür zur Lounge auf, in der Joeann für
gewöhnlich saß und strickte.

Ein riesiges Ungetüm hockte grinsend auf seiner
Couch.

„Es hat sie gefressen', hämmerte es ihm im
Kopf. Er hatte nur noch einen Gedanken, den
Mörder seiner geliebten Gattin zu vernichten.
Wie von Sinnen stürzte er in den Rittersaal
seiner Wohnung und riss der ersten Rüstung das
Schwert heraus. Damit stürzte er in die Lounge,
um das Ungeheuer zu enthaupten.

Joeann wusste nichts von seinen heimlichen
Besuchen bei dem so genannten Augenarzt –
schließlich wollte Brandon sie ja überraschen.
Als der bewaffnete, wild entschlossene Gatte
sich mit erhobenem Schwert auf das
vermeintliche Monster stürzte, hielt sie es für
eine der wilden Sexvarianten, denen sich der
Musikmeister gelegentlich hingab. Wie üblich

reichte sie ihm ihren Arm, damit er sich austoben könne. Ächzend krachte er gegen diesen und als er den Arm umfasste, um nicht zu Boden zu gehen, kam ihm das Gefühl der Umarmung seltsam vertraut vor. Ihn durchzuckte ein fürchterlicher Verdacht.

Was jetzt passierte, ist in wenigen Worten erklärt:

Von der schrecklichen Erkenntnis getrieben, stürzte der Generalmusikmeister mit seinem Schwert unter dem Mantel aus dem Haus. Auf kürzestem Weg rannte er in die O'Connell Street zum verwunschenen Psychiater Marc Feerick, schlitzte ihn der Länge nach auf und schlug ihm ohne Umschweife den Kopf ab. In der Nacht, es war die vor dem St. Patricks-Day, wuchtete er sein Opfer in den nahe fließenden Liffey. Fortan überkam ihn in den nächsten 15 Jahren am Vortag dieses Feiertages der unwiderstehliche Zwang, einen Augenarzt zu rippen. Nie erkannte er seinen Irrtum, denn eigentlich hätte er Psychiater morden müssen.

Der Generalmusikmeister Brandon Walsh, der Ripper der Augenärzte, fiel beim Osteraufstand 1916 am Generalpostoffice in der O'Connell Street. So hatte im Nachhinein Seán McLought durch die Aufzucht seiner Kuckuckstochter doch noch indirekt Anteil an einem patriotischen Ereignis.

Über das weitere Schicksal der bedauernswerten Joeann wurde nichts bekannt."

Damit beendete Jeremias seine Erzählung. Aber, er setzte noch etwas darauf:

„Musikmeisterirrtümer sind in der ganzen Welt weit verbreitet. Daher sind schon immer mehr Augenärzte ermordet worden als Psychiater. Das mag wohl der Grund dafür sein, dass heute noch immer so viele Psychiater ihr Unwesen treiben."

„Ist die Quelle vertrauenswürdig?", fragte lachend einer der Zuhörer. Alle lachten, einschließlich Jeremias.

„Unbedingt", sagte er, „warum sollte man das bezweifeln?"

# Haiku

Die Blume des Glücks
und den Atem des Lebens
finden die Weisen.

***

Das Beste am Sein
ist der erwartete Tod
bevor er uns trifft.

***

Ein weiser Mensch stirbt,
er verliert nur ein Leben
und die Welt alles.

***

Der Phönix steigt auf
und befruchtet das Leben
jeden Tag erneut.

***

Im Traum zu gleiten
und in der Liebe zu sein
ist das höchste Glück.

***

Nicht das stete Glück
erfüllt unsere Träume,
sondern Stetigkeit.